書下ろし

風《かぜ》草《くさ》の道

橋廻り同心・平七郎控⑪

藤原緋沙子

JN286530

祥伝社文庫

目次

三谷橋
月心寺
新鳥越町
浅草
向島
不忍池
花川戸町
東仲町「菱屋」
吾妻橋
小梅村
昌平橋
柳原通り
通塩町「佐原屋」
新材木町「信濃屋」
元町
須田町
小伝馬町
林町
竪川
両国橋
隅田川
六間堀
弥勒寺橋
富沢町
一文字屋
大伝馬町「海老屋」
北森下町「成美屋」
小網町
日本橋
江戸川橋
新大橋
小名木川
伊勢崎町
与作屋敷
京橋
八丁堀
亀島橋
永代橋
深川「万代屋」
新シ橋
二ノ橋

「風草の道」の舞台

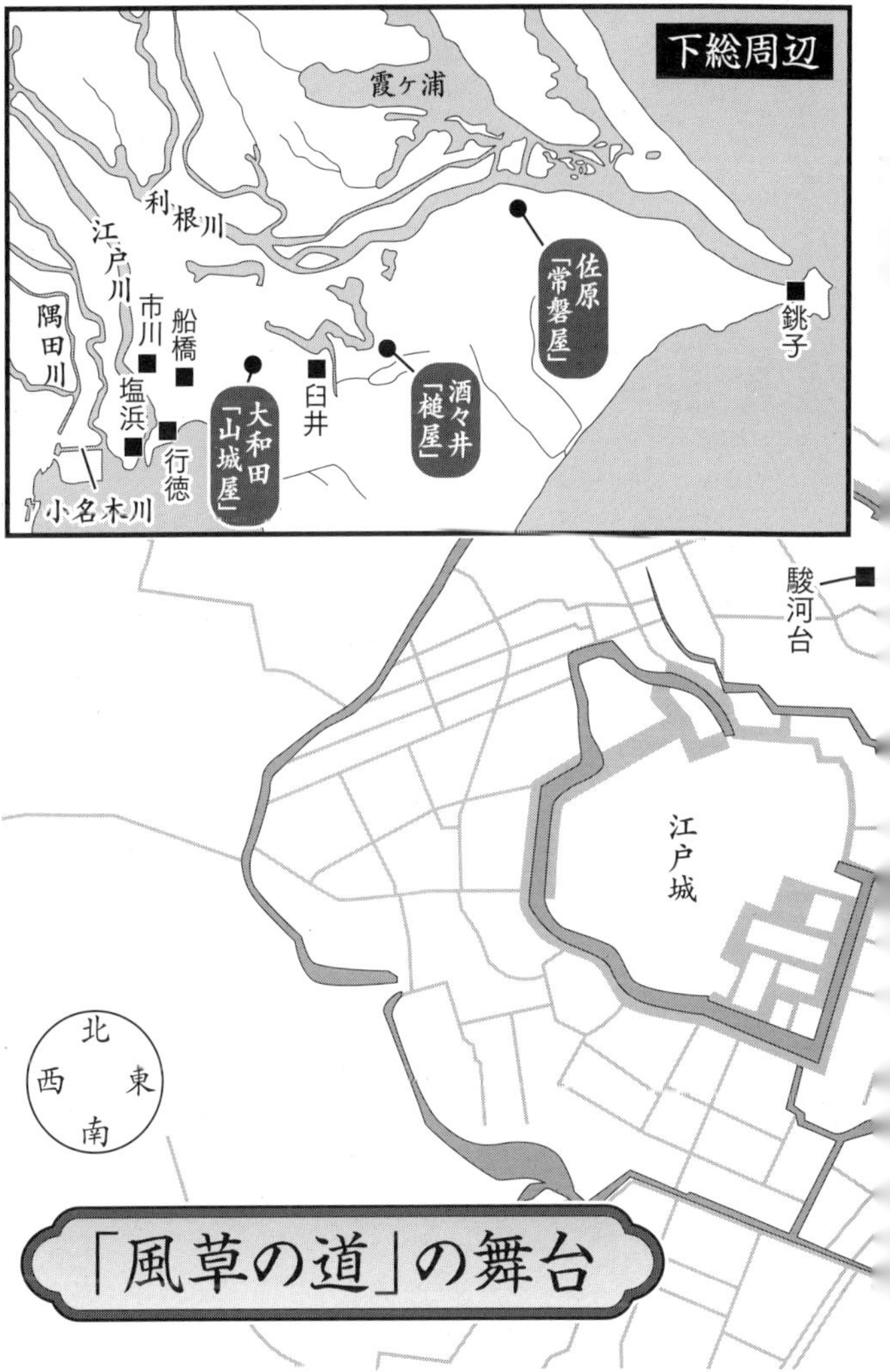
下総周辺
霞ヶ浦
利根川
江戸川
隅田川
市川
船橋
塩浜
行徳
小名木川
大和田「山城屋」
臼井
酒々井「槌屋」
佐原「常磐屋」
銚子
駿河台
江戸城
北
西
東
南

第一話　龍の涙

一

「うん、うまいな……陽光《ようこう》だな、これは……」

善兵衛《ぜんべえ》は、煙草《たばこ》の銘柄《めいがら》を言い当てて舌を鳴らした。まるで馳走《ちそう》を口に入れた時のような顔をしている。

川風が善兵衛の白髪《しらが》交じりの乱れた髪の毛を揺らし、深い皺《しわ》のある顔は、滔々《とうとう》と流れていく川面《かわも》に向けられている。

「そりゃあ良かった」

立花平七郎《たちばなへいしちろう》は、善兵衛の横顔をちらと見て言った。父が亡くなった歳頃かと思われる善兵衛にそう言われると嬉《うれ》しかった。

二人は竪川《たてかわ》に架《か》かる二《に》ノ橋《はし》（二《ふた》ツ目橋《めばし》）の南袂《たもと》にある小屋の前で、木株に腰を下ろしている。

二ノ橋の長さは十間《じっけん》（約十八メートル）、幅は三間（約五メートル四十センチ）。この橋は万治《まんじ》二年（一六五九）に掘割された時に架けられて、大川《おおかわ》から数えて二つ目の橋という意味で、二ノ橋、或《あるい》は二ツ目橋と呼ばれている。

善兵衛はこの橋の番人として暮らしている爺《じい》さんなのだ。

二人の後ろに建つその小屋が番小屋で、爺さんの住まいも兼ねている。

番小屋は間口が二間、奥行きも二間の土間になっている。そこに川のごみをかき集める道具や縄や、出水の時に使う土嚢《どのう》などが積み置かれていて、住まいの部分は、土間の奥に人ひとりが寝起きするのがやっとの畳一畳分の板間があるが、そこが善兵衛の居場所となっている。

家族は無く一人暮らしで、皆に善兵衛爺さん、などと気軽に呼ばれている初老の男だが、実際の年齢は平七郎も知らない。

善兵衛は粗末なこの小屋に寝起きして、橋の傷みを点検し、川沿いの塵《ちり》を取り除いたりして、近隣の町内からわずかばかりの手当を貰《もら》って暮らしている。

淡々とした暮らしぶりで、怒ることも笑うことも忘れたような爺さんで、一年前までは返事をするのも面倒くさそうに見えた。

それが近頃では、平七郎や相棒の平塚秀太《ひらつかしゅうた》が橋廻りで立ち寄ると、いそいそと出がらしのお茶を出してくれるようになった。

爺さんの態度が変わったのは、平七郎の父が大鷹《おおたか》と呼ばれた同心だったと知った時からだ。

「大鷹の旦那《だんな》は良く存じておりますよ」

善兵衛は懐《なつ》かしそうにそう言った。それまでに見せてきた善兵衛の表情にはなかった昔を懐かしむ顔がそこにはあった。

平七郎の父親との関わりがどういうものであったのかは言わなかったが、平七郎が善兵衛という人物に興味を抱いたのはこの時からだ。

いや、興味というより、親しみを持った。

だから今日、善兵衛に渡してやった煙草も、昨日日本橋《にほんばし》の商人が挨拶《あいさつ》がわりに持ってきてくれたものだが、ふっと善兵衛の煙草好きの顔が浮かんで、近くに来たついでに持参したものだ。

善兵衛の喜ぶ顔が見たかった。案の定善兵衛は、

「こんなご褒美《ほうび》がいただけるんなら、もっと精を出さなくちゃあな」

美味《うま》そうに白い煙を吐き出した。そして、もう一服を吸付けてから、最後には、ふっと太い息を吹き、煙管《きせる》の火皿で灰になった煙草を吹き飛ばした。

「しかし、その煙管だが、何度見ても立派なものだな」

善兵衛の手元をじっと見ていた平七郎が言った。善兵衛が使っている煙管は、どう見ても番小屋の爺さんが持つような物じゃない。誰が見たって高価な一品だった。

「こいつが昔のあっしの姿を知っている、ただ一つのものって訳でさ……」

善兵衛は苦笑いを浮かべると、平七郎の前に煙管を突き出すようにして見せた。

「ちょっと見せてもらってもいいかな」

「どうぞ」

善兵衛は平七郎に煙管を渡した。

「………」

平七郎は、羅宇《らう》を親指と人差し指で挟《はさ》むようにつまむと、煙管全体を念入りに眺めた。

ずっと前から、じっくり手にとって見てみたいと思っていたのだ。

何しろ煙管の雁首《がんくび》と吸い口が白銀《しろがね》でできていて、それに龍の彫刻が施《ほどこ》してある。

雁首の方に頭を、吸い口の方には尾の部分が彫刻され、更《さら》に手にとって気付いたのだが、煤竹《すすたけ》でできている羅宇の部分には、雲がかかったような文様が入っているのだった。

つまり、彫刻の龍は、今まさに、雲の中をまっすぐ飛んでいるように見立てて彫ってあるのである。

「ずいぶんと手がこんだものだな、爺さん」

平七郎は、煙管を善兵衛の手に返しながら言った。

「まあな、神田《かんだ》に藤次郎《とうじろう》という名人がいたんだ。もう亡くなってるかもしれねえが、金に糸目をつけねえ、思い切って彫ってみてくれ、そう頼んだものがこれだ」

善兵衛は、使い古した鼠色《ねずいろ》の手拭《てぬぐ》いに、煙管をくるくるくると丁寧に巻いて懐《ふところ》にしまった。

「煙草入れは病んだ時に薬代に消えてしまったが、これだけは手放せないでいる。万が一おっちんじまったその時には、この煙管で後始末をしてもらえるだろうと思ってね」

善兵衛は言った。煙管への愛着を別の言葉ではぐらかしてはいるが、本当のところは余程の思い入れがあるらしい。

——昔も、いや今だって、これだけの煙管を特注できる人間がどれだけいるだろうか。

以前から感じていたことなのだが、善兵衛の体からにじみ出ているものは、もとから底辺で暮らしてきた人間のそれではない。あっしだなんだと言ってはいるが、言葉の端々に、抜けきれない丁寧さが時折交じる。橋の番人とは思えないものを覗《のぞ》かせることがあった。

平七郎は、善兵衛の昔に思いを馳《は》せた。どんな暮らしをしていたのか興味深かった。煙管も善兵衛の言う通りで、まさか盗《ぬす》んで手に入れた訳ではあるまい。

「旦那、あっしを疑っていなさるんですね」

善兵衛が言った。

「いや、そんなことはない」

「隠さなくったって分かりますよ、その顔に書いていまさ」

善兵衛は笑った。だがまもなくその笑いをひっこめると、

「あっしもね、今は橋の番人をやってますが、これでも昔は、いっぱしの商人だったんですよ旦那」

しみじみと言った。

「爺さん、差し支えなければ昔の話を聞かせてくれないか」

平七郎は、爺さんの横顔を見た。

「人様に話すほどのものじゃございませんよ。詰まらねえ人生でした……」

「…………」

「ただ……そうですな、ひとつだけ、旦那に話しても恥ずかしくねえ話がございます。美味い煙草のお礼に話しますか」

善兵衛は、昔を懐かしむように遠くを見て言った。

「七年前のことでございました……」

善兵衛はその夜、深川伊勢崎町《ふかがわいせざきちょう》の料理屋からの帰りに、一人で夜風に当たりながら大川端《ばた》に出て、そこから新大橋《しんおおはし》に向かった。

仲間たちは店の前から駕籠《かご》に乗ったが、善兵衛は歩きたかったのだ。

この日の大店《おおだな》の商人たちの寄り合いでは、近頃の不況が話題に上ったが、善兵衛の店はそんなこととは無縁だった。

仕事は断り切れないほど入ってきていたし、金は腐るほどあった。

御府内でも一、二を争《あ》う『花菱《はなびし》』という料亭で、大名家の用人や大商人たちを集め、深川の芸者を総揚げして、贅《ぜい》を尽くした宴を張り、吉原《よしわら》でも豪遊を重ねたりと人もうらやむ暮らしを送っている。

夜空を仰《あお》げば、美しい満月が善兵衛に光を惜しげもなく注いでくれている。

——わが世の春とはこのことだ……。

あいつらとは違うんだという高ぶりが、善兵衛を料理屋から歩かせることになったようだった。

善兵衛の店は東堀留川《ひがしほりどめがわ》沿いの新材木町《しんざいもくちょう》にある。材木問屋『信濃屋《しなの》』といえば今や知らぬ人はいない。

十五で江戸に出てきて苦労を重ね、一代で築いた店だった。栄耀栄華《えいようえいが》を手にしたといってよい。

もうこれ以上金など欲しいとは思わなかった。

——あとは店の跡取りさえいれば……。

妻に子ができないことが悩みだったが、なあに、それだって妾《めかけ》の一人に産ませればいいのだと考えていた。

ゆらりゆらりと心地よい酔いに揺れて、新大橋まで歩いてきた時だった。

男が一人橋袂で蹲《うずくま》っている。行き倒れかなと思った。

善兵衛は男を横目に通り過ぎて橋を渡りかけるのだが、引き返して来て男の側《そば》に腰を落として訊《き》いた。

「どうしたんだね」

その時だった。

男の手が突然伸びて善兵衛の懐の財布《さいふ》を摑《つか》んだ。

「何をするんだ」

善兵衛は男の腕をぐいと押さえこんだ。

「番屋に行きたいのか」

一喝した。酔っているとはいえ、まだ行き倒れにやられるような歳じゃない。だが、もしも今伸びてきたものが刃物だったらと思うとぞっとした。

浮かれて歩いてきた気持ちが、一瞬にして吹っ飛んだ。

「す、すまねえ……は、腹が減ってるんだ……もう三日も喰ってねえ」

見上げた男の目は異様に光っていた。月の光のせいではない。飢《う》えた狼《おおかみ》が最後の力を振り絞って目を見開いている、そんな感じがした。しかも、その男の右目のふちに雲がかかるように、絵筆で引き伸ばしたような痣《あざ》が見えた。

醜《みにく》い顔だと思った。それだからこそ、この江戸で行き場を失った浮浪の民となったのだろう……善兵衛はそう思った。

そう思ったとたん、善兵衛の胸中に哀れみが湧いてきた。

なにしろ善兵衛が摑んだ腕にも、跳ね返す力はないようだった。

善兵衛は後ろを振り返った。元町《もとまち》の飲み屋の灯《あか》りが見える。

「あそこまで歩けるか……腹いっぱい食わしてやるぞ」

男を促《うなが》した。

「ありがてえ……」

男は立ち上がった。一瞬よろりとよろめいたが、善兵衛が手を貸してやると、

「申し訳ねえ、ありがとうございやす」

男は足を引きずりながら飲み屋の方へ歩きだした。その目は飲み屋の灯りを捉《とら》えて離さず、軒行燈《のきあんどん》に引き寄せられていく野犬のようだった。

善兵衛はその飲み屋で、男に好きなだけ食べさせてやった。

男は、餓鬼《がき》のように食べた。垢《あか》と埃《ほこり》で汚れ、痩《や》せこけた顔をふりふり、異臭を振りまきながら食べた。

衰弱しきって死にかけたような男が、頰《ほお》に血を通わせ、次第に生気をみなぎらせていく。

善兵衛はその姿に、したたかな命の力を感じた。ちょっとやそっとでは音をあげない土性骨《どしょうぼね》が座った男かもしれないと思った。

信濃の山奥から江戸で一旗揚げようとして出てきた時の自分の姿と重なって見えた。

「名前は？」

男に尋ねると、国蔵《くにぞう》と名乗った。

歳は二十五歳で越後《えちご》の水呑み《みずの》百姓《びやくしよう》の次男だと言い、飢饉《ききん》で口減らしのために欠け落ちして江戸に出て来たのだと告白した。

ところが無一文同然で家を出て来た国蔵は、御府内に入った時にはもう、住まいを探すどころか蕎麦《そば》一杯食う金も無かった。

「負け犬で終わるものか。いつか故郷に錦《にしき》を飾って皆をびっくりさせてやるんだ……そんな思いもいつしか消えちまって、頭に浮かぶのは食い物のことばっかり……情けねえ話ですが、かっぱらってでも食い物を手に入れてえ、そんな事ばかり、ぼうっとしていく頭で考えておりやした」

そこに善兵衛が通りかかったというのだ。

国蔵は申し訳なさそうに首をすくめると、改めて礼を述べた。

「分かった。この大川端でお前さんに会ったのも何かの縁だ」

善兵衛は、懐から財布を出して国蔵の前にどんと置いた。

「………！」

国蔵は驚いて財布を見、次に掬《すく》うような目で善兵衛の顔を見た。

「お前にやる」

「えっ……」

「財布ごとやる。十両は入っているはずだ。その金をうまく使ってこの江戸で這い上がれ、挑んでみるんだ」

「だ、旦那……今さっき会ったばかりの見ず知らずのあっしに、こんな大金を……」

「お前の根性に賭けてみたくなったんだ。お前の好きに使ってみろ。失敗するのも成功するのもお前次第だ。成功した暁《あかつき》には新材木町の『信濃屋』という私の店に知らせにきてくれ。その金をどう使ったのか聞いてみたい」

善兵衛はそういうと国蔵を残して店を出た。

まるで夢でも見ているように口をあんぐりあけて見送った国蔵を思い浮かべて、善兵衛はしばらく思い出し笑いをしながら歩いた。

――そりゃそうだ、蕎麦代も無かったあの男にしてみれば、十両もの金、いやいや、小判を手にするなんてことは、これまでにもなかった筈《はず》だ。

ふん、わしもずいぶんと粋《いき》な計らいをしたもんだという満足感でいっぱいだった。

湯水のように金を使うことに慣れ、それにも飽《あ》きていた善兵衛は、物貰いのような男に金をやってびっくりさせたことが、この上なく楽しかったのだ。

「ところがです、旦那……」

昔の話を終えた善兵衛は苦笑を漏《も》らした。

「それから三年もたたないうちに店が丸焼けになりましてね。いろいろ重なって、挙《あげ》句《く》の果てに店は潰《つぶ》れて、今はみての通りの橋番人……振り返ってじっくり考えてみると、今の自分を支えてくれているのは、その話だけだって分かったんですよ」

「ふむ……国蔵というその男、この江戸でうまく成功したんだな」

「分かりませんが、あっしはそう信じています。店が潰れなければ今頃は報告に来てくれていたかもしれません。あの男が成功した姿をもはや見ることはないと思いますが、あの時のことを考えるだけで心があったかくなるんです」

平七郎は頷《うなず》いた。

格別の楽しみもないように見えた善兵衛の昔に、そんな話があろうとは……。今の善兵衛にしてみれば、その思い出が唯一、心の支えになっているのだ。

しかし……善兵衛の話が本当なら、人もうらやむほどの商人だった善兵衛が落ちぶれ果てて、そんな思い出ひとつに心を温められて暮らしていようとは、誰が想像できるだろうか。

「旦那、あっしはね、橋の下で美味い煙草をやりながら、ふっと思い出すのはそのことなんです。栄耀栄華の暮らしなんぞ思い起こしても苦々しいだけなんですがね、その話だけは違うんだ……」

善兵衛はにやりと笑うと、

「旦那、もう一服やらせてもらいますよ」

先ほど懐にしまった煙管を取り出した。

二

翌日、平七郎は橋の見廻りに行く前に、読売《よみうり》の一文字屋《いちもんじや》に向かった。

善兵衛の話がいつまでも胸に残っていた。

町奉行所の同心をやっていると、実にさまざまな人物を見ることになるのだが、善兵衛の話はとりわけ興味深いものだった。

あれで、国蔵という者が、善兵衛の恵みに助けられ、今頃立派にこの江戸で暮らしていたなら、おこうのことだ、人々の胸を熱くさせる美談として、さっそく読売のネタにするに違いない、平七郎はそう思ったのだ。

ただ、その話を直《す》ぐにおこうに知らせてやろうと思ったのには、少々訳があった。

平七郎とおこうは、互いの気持ちを確かめあったが、あの時平七郎は、二人の行く末をおこうに預《あず》けた形になってしまっている。

雪見船の中で平七郎は、

「俺はおまえを愛おしいと思っている。妻にしたいとも思っている。だがおこう、おまえには読売屋がある。おまえの気持ちを聞いてから俺の心を決めたい」

おこうにそんなようなことを言ったのだ。するとおこうは、

「読売屋をどうするのか、まだ私の中で決心がつかないのです」

涙ながらにそう答えたのだ。

その後二人は、そのことについて触れてはいないが、もどかしい思いのままで今日に至っている。

――当然だ。

平七郎が言った言葉は、あくまでもおこうの立場を尊重しているように見えて、実は難しい決断をおこう一人に負わせたのではないか……そんな思いが平七郎の胸に棘《とげ》のように残っている。

ああいう言い方はするべきではなかった。男らしくなかった。おこうは決めかねて苦しんでいるのではないか。

「俺はこうしたい。同意してくれ」

そう言って強い気持ちを伝えるべきだったと、近頃平七郎は悩んでいたのだ。

昨日善兵衛の昔の話を聞いて、なぜか胸が切なくなったが、その切なさが、おこうへと向けられていったのである。善兵衛の話を口実にして自分は逃げたのではない、おこうを思う気持ちは本ものだと、それを伝えたかったのだ。

――おこうがもっと結論を出しやすいようにしてやらなければ……。

平七郎は硬い表情で一文字屋の店の中に入った。

刷《す》り上がった読売を数えている辰吉《たつきち》が見迎えて、ぺこりと頭を下げた。

「おこうはいるか」

「出かけてます」

なんともそっけない辰吉の返事である。

「そうか、いないのか」

がっかりすると同時に、張りつめていた気持ちが緩《ゆる》んだ。

「何か……」

数え上げた読売をそばに置いて辰吉が言った。辰吉の言動は以前とはずいぶん違っている。近頃、冷たい。にこりともしないのだ。

「少し話があったのだが……」

「何の話ですか。なんならあっしが聞いておきますが」

「いや、おこうに直接な……」

「へえ、直接ねえ」

「おい、辰吉、なんだそのものの言い方は……ずいぶんお前も変わったもんだな」

「変わったのは平さんでしょうが、何言ってるんですか」

「参ったな、まあいい、また来るとしよう」

出て行こうとすると、

「教えてあげますよ、旦那……おこうさんは仙太郎《せんたろう》さんのところに行ったんですよ」

「そうか、永禄堂《えいろく》に行ったのか」

さらりと言ったが、内心は動揺している。なにしろ絵草紙問屋永禄堂の倅《せがれ》の仙太郎は、おこうに結婚の申し込みをしてきた相手だ。それぐらいのことは平七郎も知っている。そこに出かけて行ったというのだから、胸が騒がないはずがない。

辰吉はしかし、そんな平七郎の動揺をあざ笑うように言った。

「親父さんが遺《のこ》した読売を本にするんだとかいってね」

「そうか」

「そうかじゃないでしょう……ああ、じれってえ、平さん、そうこうしているうちに、おこうさん、仙太郎さんにとられてもいいんですか」

「辰吉……」

たじたじとなる平七郎に、

「まったく、平さんには、がっかりしやしたよ。黒鷹だかなんだか知りませんが、目鼻をどこにつけてるんだって大声をあげたい気持ちですね。おこうさんの良さが分かってねえんですかい……まあいいや、はい、そういうことでございやすから、どうぞ、出直してきてください」

けんもほろろの言い方に、

――いくらなんでも言い過ぎではないか……。

平七郎が、内心むっとして踵《きびす》を返したその時だった。

「たいへんだ。おい、辰吉さん、殺しだぜ！」

飴《あめ》売り屋の若い男が店の中に飛び込んできた。

「殺し……」

平七郎が聞き返した。

「へい、神田の堤《つつみ》ですぜ。新《あたら》シ橋《ばし》の近くで、へい、そこで平塚さまっていう橋廻りのお役人に頼まれやしてね」

「秀太だな、よし、分かった。ご苦労だった」

平七郎は表に飛び出した。

辰吉も平七郎に続いた。

飴売り屋の男が言った殺しの現場は、新シ橋の南袂から土手を下りたところだった。

橋の上や橋の袂には人だかりが出来ていて、皆土手の下を眺めながら騒いでいる。

平七郎は辰吉と一緒に、橋の袂から土手に下りた。

草むらの茂る一角に小者や岡っ引きが取り巻く中で、同心が死体の側に蹲って調べているのが見える。一人は秀太で、もう一人は定町廻りの工藤豊次郎《くどうとよじろう》だと分かった。

「秀太」

平七郎が背後から声を掛けると、

「やあ……」

秀太と一緒に遺体の側から立ち上がり、平七郎を見迎えたのは、工藤豊次郎だった。

工藤はこの頃妙に馴《な》れ馴れしい。以前工藤と亀井市之進《かめいいちのしん》に、定町廻りを飛ばされるかもしれない、この事件に首がかかっているのだなどと泣きつかれ、探索に手を貸して手柄を立てさせてやったことがあるが、二人の態度が俄《にわ》かに変わったのはその時からだ。

あれほど橋廻りを馬鹿にしていた男がと思うと、親密そうにすり寄ってくるその豹変ぶりは気持ちが悪い。

「平さん、見てくれますか」

秀太が、遺体を顎《あご》で指した。

「うむ……」

平七郎は、開いている男の胸を見詰めた。男は、左の胸を一突きされて息絶えたようだ。三十前の、遊び人風の男だったが、その男の体からは荒《すさ》んだにおいが漂《ただよ》っていた。

平七郎は男の胸をさらに広げ、また首や背中も入念に検視したが、傷は胸の一か所だけだった。

「得物は匕首《あいくち》だな……殺されたのは昨夜のうち……」

呟《つぶや》いて立ち上がった平七郎は、

「実見した者はいないのか」

秀太に訊いた。

「はい。私がここに橋の点検にやって来てまもなくでした。橋の上を通りかかった飴売りが『あそこに人が寝そべっておりやすが、今朝この橋を渡った時と同じ姿勢ですぜ、死んでるんじゃありませんか』そんな事を言って指さすものですから、その飴売りと二人でここに下りてきたんです。そしたらこの有様で……」

「すると、身元も分かってないんだな」

「それですが、立花さん……」

工藤が横から声をかけた。以前は立花、と呼び捨てしていたのに、さん付で呼ぶ。

「この男、私には、どうも見覚えがあるような……」

首を捻《ひね》ってみせ、

「少し太っておりますから見間違いかと思いましたが、やっぱりそうです。三年前に人足寄場《にんそくよせば》送りになった奴ですよ」

というではないか。

「まことですか。名は?」

小者に遺体を運ぶように言いつけて工藤に訊いた。

「確か……ちょっと待ってください」

工藤は額《ひたい》を拳骨《げんこつ》で、こんこんと叩いたのち、

「そうだ、九郎次《くろうじ》という野郎ですよ」

今度は自信のある顔で言った。

「九郎次……何をやらかして人足寄場に送られたんだ」

「喧嘩《けんか》ですよ、博打《ばくち》場で喧嘩して、相手に傷を負わせた。もともとならず者ですからね。相手は綿問屋の若旦那でしたな。それで送られた。だが、こんなところで殺されたところをみると、御赦免《ごしゃめん》になっていたんですな」

「………」

平七郎は、戸板で運ばれていく九郎次を見送った。

「ということになると、こりゃあ、ならず者同士の喧嘩ということでケリをつけるかもしれませんな。奉行所は、こんな町のクズたちの殺し合いにかかわってはいられませんから」

工藤が発する言葉は相変わらずだ。

「工藤さん、人ひとりの殺しじゃないですか、そんなに簡単に決めつけるのはどうなんですか」

秀太が憮然《ぶぜん》として言った。

「秀太……」

平七郎は秀太を制して、

「工藤さんも調べないと言っているんではないんだ。小さな事件の背後に大きな事件が隠れているってことはよくあることだが、そんなことは工藤さんは承知の上だ」

工藤の顔をちらりと見た。

「平さん……」

辰吉が走って来た。辰吉は先ほどから堤の上で商いをしている団子屋《だんご》と話をしていたようだが、何か聞き出したらしかった。

「団子屋の親父さんに訊いてみたんですが、このあたりは暗くなると結構夜鷹が出ているようですから、ひょっとして誰かが見ていたかもしれませんね」

先ほどまでの厭味《いやみ》ったらしい辰吉ではなかった。

きりりとした目で、平七郎に言った。

三

「まあ、座ってくれ」

北町奉行所の橋廻りの部屋に赴くと、上役の大村虎之助《おおむらとらのすけ》が平七郎と秀太を促した。

大村は今年六十五歳になった。長年与力として勤めてきた疲れが、近年は顔にあらわれている。

ただ、御府内を回って橋を見廻るという体力を要する仕事は、平七郎と秀太がやっていて、大村はこの部屋で書類に印を押すぐらいが仕事といえば仕事だから、そんなことで疲れるとは思えない。大村の疲労は別に原因があると思われる。

三度目の妻女がたいそう若いようだし、その妻女が産んだ跡継ぎがまだ十三歳になったばかりと聞いているから、悩みはそっちにあるのかもしれない。

いや、それだけではなく、やれ足が痛いとか腰が痛いとか言っては時々勤めを休んでいるところをみると、やはり寄る年波には勝てず体の不調をきたしているのかもしれない……そんな余計な詮索も生まれてくる。

平七郎と秀太は、ちらとそんな事を考えながら大村の前に並んで座った。

「他でもない、本所《ほんじょ》の弥勒寺橋《みろくじばし》だが、昨日一度点検してくれという届けがあったのだ」

大村は言った。畏《かしこ》まった話かと思ったが、話は橋のことらしい。

「床が腐っているところがあるらしいぞ。来月弥勒寺で人が大勢集まるらしいから、それで急いでいる。かつて永代橋《えいたいばし》が崩《くず》れたことがあったが、そんなことにならぬようにということらしい。すまぬができるだけ早い時期に立ち寄ってみてきてくれ」

「承知しました」

平七郎と秀太が返事をすると、

「それともうひとつ、これは内々の話だが……実は先日年番方の鮫島《さめじま》さんと飲んだのだが、定町廻りの工藤豊次郎と亀井市之進が足手まといになっている、そちらで引き取ってくれないかと言ってきたんだが、わしは断った」

「こ、断った……」

秀太がつい、大きな声になった。

日頃から橋廻りに誰かを送りこんでもらい、代わりに自分は定町廻りに役替えさせてもらおうと願っている秀太である。

「そうだ、断った……言っては悪いが、近頃はあの二人よりも、こっちの方がよほど事件を解決している。かつては橋廻りはお払い箱の人間が務めるものだといわれていたが、立花と平塚のおかげで、ずいぶんと変わった。そんなお前たちと入れ替えに、定町廻りで、もてあましているような人間を貰ったって、わしが苦労をするだけだからな」

大村は、痩せた頬に微笑を洩らした。

秀太は、がっかりした顔で平七郎を見た。

「いずれは、そなたたち二人には、重いお役につけと言ってくるに違いないが、わしは手放したくはない。わしも年だ。お勤めもあと二、三年のことだ。もう少し橋廻りを頼みたい。ひょっとして鮫島さんから何か言ってくるかもしれぬが、わしの気持ちはそういうことだから話を合わせておいてくれ、よろしく頼むぞ」

「承知しました。橋廻りは結構楽しくやってますから、御懸念《ごけねん》無く」

平七郎は言った。

肩を落としたままの秀太を促し立ち上がろうとすると、まだ一つ話があるのだという。

どうやら顔に疲れが出ているおおもとは、こっちの方らしい。

「いや、他でもない。若い二人なら少しは分かるかなと思って訊くのだが、近頃倅のことで困っているのだ。昨夜も家内に、あなたが甘やかすからだとなじられてな」

「大村さま、ご子息は十三歳、その年頃はそういうものです。皆親に反抗してみたいものですよ」

秀太が言った。

「そうかな、実は倅は、もう剣術の稽古には行きたくないと言っておるのだ。そんなことでどうする。先々与力としてお勤めせねばならぬのにと意見するのだが、馬耳東風《ばじとうふう》だ。それにな、こっそり家内の目を盗んで小金を持ち出しておるらしいのだ」

「…………」

平七郎は秀太と顔を見合わせた。

「こんな恥さらしな話は他ではできぬが、そなたたちなら何か良い知恵があるかもしれないと思ってな」

大村虎之助は大きくため息をついた。

「大村さま、小金を持ち出しているとおっしゃいましたが、御子息は何に使っているのでしょう」

平七郎が訊いた。

「分からん、言わんのだ。家内には買い食いをしたなどと言い訳をしているようだが、それならそれで困ったことに変わりない。後を尾《つ》けて倅が外で何をしているのか見届けたいのだが、親に尾けられていることを知った時には大変な衝撃を受けるに違いない。そう思うと、親子の絆《きずな》が絶ち切れるような気がしてできぬのだ」

「お名前は何とおっしゃいましたか」

「貫太郎《かんたろう》だ」

「分かりました。そのうちに、私が見届けてみましょう」

「そうか、やってくれるか」

「と言っても、こんな羽織《はおり》を着たままではまずいでしょうし」

「確かに確かに……いや、非番になってからでいい。すまんな」

大村は、ようやくほっとした顔で座りなおした。


「こちらです。ご覧になってくださいませ」

弥勒寺橋を管理している北森下町《きたもりしたちょう》の竹細工の問屋『成美屋《なるみや》』の主《あるじ》源右衛門《げんえもん》は、橋の中ほどを指さした。

確かに重たい石でも落としたように指さした一画がへこんでいる。

「三日前の晩だったかと思います。橋の上で妙な音がしたという知らせがまいりまして、それでここに走って来ましたら、もう誰もいません。逃げた後でしたが、ここに一尺玉ほどの石が転がっておりました。誰が何をやろうとしたのか分かりませんが、近頃では変な人間が多すぎます。一月前にも、この橋の上から打ち上げの花火をやろうとした若者たちがおりましてね。それは厳しく注意をいたしまして事なきを得たのですが、今度はこの始末です」

源右衛門は大げさにため息をついた。

秀太は、石で窪みのついた周囲を注意深く木槌《きづち》で叩いた。そしてやがて立ち上がると言った。

「周囲の床が腐ったというのではないからな。ここだけの修理でいいな。成美屋さん、木材の保管はありますか」

まん丸い顔の源右衛門に訊いた。

「あると思います。確か蔵に入れてある筈です」

「分かった、それじゃあそれを使って……」

秀太は尚も念入りに、木槌で床を叩いて橋の傷みを調べていたが、すぐに顔を源右衛門に向けると訊いた。

「大工の手配は出来るか、なんならこっちでやってもよいが」

「それなら私が……町内の大工さんにお願いしようかと思います。ただ手間賃《てまちん》だけは……」

「それは奉行所で持つ」

秀太は、てきぱきと言った。

材木屋の倅だけあって、こういうことは実に手際が良い。平七郎は黙って見守っているだけで事足りる。

「ありがとうございます。あたしどもが商《あきな》う竹で修理ができるのでしたら、お手間はとらせませんが、よろしくお願いいたします」

源右衛門はいそいそと帰って行った。

「おや、お揃《そろ》いですな」

なんとそこに、工藤豊次郎と亀井市之進がやって来た。

平七郎と秀太は、昨日大村から聞いた話を思い出して顔を見合わせた。

「良いところで会った。立花さん、先日殺された九郎次のことですがね、深川の元町に、人足寄場で九郎次と仲の良かった勘助《かんすけ》という野郎が御赦免になって帰ってきていると分かったものですから行ってきたんです」

というではないか。どうやら平七郎にやんわりと釘をさされて、むげに探索を放棄《ほうき》するわけにもいかなかったらしい。

「ほう、で、何か分かったんですか」

平七郎は期待を込めて尋ねてみたが、

「いや、それが……宿元になっている叔父《おじ》の家を訪ねたんだが、本人はいなかった」

工藤は苦々しい顔をつくって言った。

するとと亀井が言った。

「ここんとこ帰ってきていないというんだ。ところがだ、話を聞いてみたら、なんと九郎次が殺された前後だという」

「…………」

「九郎次殺しは奴かもしれん。そう思って手下を見張らせて帰ってきたところだ。まっ、何か進展があったら報告するよ」

じゃあなと二人は手を上げて去って行った。

「まったく、あんなに早く殺しの下手人を決めつけていいんですかね」

秀太がぼやく。

「まあそう責めるな、あれでもあの二人は必死なのだ。昔の二人からすればずいぶんと変わった」

「平さんのおかげじゃないですか。早くあの二人と交代したいものです」

「秀太……」

「なんですか、怖い顔して」

「お前は、相変わらず橋廻りが定町廻りより値打ちのない役だと思ってるようだな」

「思ってますよ。平さんだってそう思ってるくせに」

「確かに最初はそう思った。橋廻りに配属された時にはそう思った。だが、この役目を続けて行くうちに、俺の考えは変わったのだ。橋廻りのような仕事こそ、最も大切な仕事じゃないかとな……。考えてもみろ、二人で幾多の事件を解決してきたではないか。その評価は上もしている。だからこそ大村さまも、あんな内々の話をしたんじゃないか。俺はあの話を聞いただけで、橋廻りに配属されて良かったと思っている。橋廻りであろうが、定町廻りであろうが、与えられた仕事を、丁寧にやることだ。今橋廻りでやっていることは、将来、どこに回されても、きっと役に立つ筈だ」

いつになく熱が入った。

秀太はその熱に負けて頷いた。

「確かにおっしゃる通りです。平さん、私はどこまでも、平さんと一緒ですから……」

「分かればいいのだ。おい、ちょっと、爺さんのところに寄ってみるか」

二人は橋を下りると、善兵衛のいる二ノ橋の橋番小屋に向かった。

だが、

「おっ……小屋の中にもいないな、どこに行ったんだ……今日は是非《ぜひ》にも平さんが言ってた龍の煙管を見せてもらおうと思ったのに……」

秀太は小屋を覗くと残念そうな顔で言った。

四

善兵衛はもう一刻（二時間）以上も、大伝馬町《おおてんまちょう》にある蕎麦屋から、外を見詰めていた。視線の先に見えるのは、道を隔てたむこうになびく献残屋《けんざんや》の暖簾《のれん》だった。暖簾には『海老《えび》屋』と白抜きされている。

日差しは強く、白抜きされた海老屋の文字が、じりじりと焼けてしまいそうに見えた。

善兵衛は、蕎麦一つを頼み、それを平らげたあとは、平七郎に貰った煙草を、あの見事な龍の彫物がある煙管に詰めて燻《くゆ》らしている。

息を凝《こ》らし、胃が熱くなるような気持ちで見詰めながらも、その手は何度も煙管に煙草を詰めている。煙草を呑んでいないと気持ちが落ち着かなかった。

「………！」

何服吸ったか、その善兵衛の手が止まった。善兵衛の目は海老屋の店先を凝視している。

たった今、海老屋から主らしき男が出て来たのだ。

老眼の進んだ善兵衛の目には、男の顔の造作は良くは分からないが、

――間違いないな。

男の年恰好は、善兵衛がずっと心にとめて来た国蔵によく似ていた。

「行っていらっしゃいませ！」

手代が大きな声で腰を折って主を見送っている。

善兵衛は慌てて残っていた煙草を吸いきると、煙管をくるくると手拭いで巻いて懐に入れて立ち上がった。

「ありがとう、すまなかったね」

赤い襷《たすき》に赤い前垂れをした、可愛らしい蕎麦屋の小女《こおんな》に声を掛けて急いで外に出た。

俄《にわ》かに善兵衛の胸は苦しくなった。大きく息をついて前を行く男の後を追う。

男は供も連れずに雪駄《せった》を鳴らして北に向かっている。自信に満ちた歩き方だったが、大伝馬町に店を持つ主としては品の無い歩き方だと善兵衛は思った。

脇目も振らず、海老屋の主は鉄砲町《てっぽうちょう》に入った。そこで右に曲がったが、すぐの角をまた北に取った。

——何をやってるんだ。何処に行くつもりだ……。

善兵衛は遅れをとらぬように後を追った。

海老屋の主は、神田堀の土手を登っていく。足が速く、さすがの善兵衛も荒い息をついた。

汗を拭きながらあたりを見渡したが、人の往来はない。残照が土手に茂る草に降り注ぎ、白い光を跳ね返している。

「……！」

善兵衛は驚いて立ち止まった。

ふいに男が足を止めて振り返ったからだ。男は、恐ろしい顔で善兵衛を見迎えた。

「国蔵……」

善兵衛は思わず漏らした。

海老屋の主はまぎれもなく国蔵だった。右の目のふちに雲がかかったような痣がある。そんな痣を持つ者は二人といないだろう。それは、印を押したような隠しようもない証《あかし》だった。

「誰だね爺さん、私をここまで尾けてきたようだが、何の用だ」

両手を腰に当てて、見下ろすようにして言った。

「国蔵さんだね。私だ、七年前に新大橋で国蔵さんに声を掛けた善兵衛だ」

「善兵衛……あの時の」

国蔵は驚愕した。

「そうだ、いろいろあってね。今は二ノ橋の橋番をして暮らしている」

「まさか、こんな所で会おうとは……」

国蔵は善兵衛の所まで下りて来た。そして、荒い息を吐いている善兵衛の手を取った。

「あの時の恩は、忘れてはおりませんぜ。あの時、腹いっぱい食べさせて貰って、おまけに大金も貰って、私はあの金を元手にして、こうして今、いっぱしの商人として暮らしている。名も伊兵衛《いへえ》と改めました。海老屋伊兵衛です」

国蔵は、懐かしそうな顔をしてみせた。だが、その顔の奥に、けっして善兵衛の出現を単純に喜んではいない国蔵の心を善兵衛は読んでいた。

「国蔵さん、いや、伊兵衛さん、私はね、あんたがどんな暮らしをしているのか、あれから立派に暮らしているのだろうかと、ずっと案じて過ごしてきたんだ。同時に期待もしていた。きっと立派にやっていてくれるに違いないってね」

「すまねえ、きっとそのうち報告にと思っちゃいたんだが、なにしろめっぽう忙しくてね」

国蔵の口調には、商人の言葉と、昔使っていたぞんざいな言葉とが混じっていた。暮らし方が違えば言葉も変わってくる。商人は商人の言葉を使えなくては信用してもらえない。

だから善兵衛にしたって、昔は材木問屋の主としての言動に注意を払ったが、今では橋番らしい言葉を使おうと心がけている。橋番が商人のような言葉を並べては、親しみも持てないだろうと考えるのだ。しかしそれでも、時々商人の時の言葉が口をついて出る。

国蔵にしたってそうに違いない。善兵衛に会って昔の言葉遣いが端々に入った。

「いや、そんなことはいいんだ。会いに来てもらっても店は潰れて今は跡形もないんだからね」

「そう言って貰えるとありがたい。善兵衛さん、どうだろうか……つもる話もあるし、それに、お礼もしなくては……」

「お礼などは無用だ」

善兵衛はきっぱりと言った。

「そんな訳にはいかねえよ。私にしたっていつまでも、善兵衛さんから、あの時のおかげじゃないかと思われっぱなしでは男が立たない。せめて、私があの時頂いた十両に利子をつけて返さなくては落ちつかねえよ」

国蔵は苦笑して善兵衛を見た。言葉とはうらはらに、その目は落ちぶれた善兵衛を見下すような驕《おご》りが見えた。

「いやいや、今日あんたを尾けてきたのは、昔を懐かしむためでも、あんたから昔のお礼をしてもらおうというのでもない。あの時、あんたに飯を食わして、私はあんたの命を救った。いや、それればかりか金をやって、この世で息を吹きかえす機会を与えたんだ。そうしてあんたを救った私の責任として言っておきたいことがあって尾けてきたんだ」

「ふん、なんでえ。急いでいるのに、わざわざ足を止め、昔の恩は忘れちゃいねえと言っているのに、妙にあらたまって何を言いたいというんで」

「人の道に外れるようなことはしてはいかんということだ」

「はて、何の話だ」

「国蔵、あんたは人を殺した。どんな事情があったのかは知らんが、自訴《じそ》して罪を償《つぐな》ってほしい」

善兵衛は、きっと見据《みす》えた。

国蔵は、ぎょっとした顔をしたが、次の瞬間、へらへらと笑って言った。

「知らねえな、何か勘違いをしてるんじゃないのか」

「私が勘違いをするものか、お前の立身を夢みて暮らしてきた男だ。その私が見たんだ。痣のある男が人を殺すのを……私はね、私が救った命が、人の命を奪《うば》うなんてことは許せないんだ」

善兵衛は、一歩も引かぬ気迫で言った。


「何、善兵衛が殺された……まことか」

平七郎は、息を切らして玄関に立っている秀太の顔を驚いて見返した。両刀を手にして、出かけようと玄関に出て来たところだった。

「私も今さっき聞いたところなんです。弥勒寺橋の修繕のことで留吉《とめきち》という大工がやって来たんですが、その留吉が教えてくれたんです。留吉の住まいは林町《はやしちょう》ですから、善兵衛爺さんのことは以前から良く知っていたらしくて」

「あの爺さんが……一体誰に殺されたというんだ」

平七郎は、下男の又平《またへい》が揃えてくれた雪駄に足を入れながら呟いた。

善兵衛は竪川の二ノ橋を見守ってきてくれた人だ。しかも人畜無害の人というか、人に親しまれこそすれ害を及ぼすような爺さんではない。

昔の栄華を鼻にかける風でもなく、今の暮らしに愚痴《ぐち》ひとついう訳でもなく、ただ淡々と生きていた爺さんではないか。

本当に善兵衛が殺されたというのなら、放っておくことはできない。橋廻りとしても黙って見過ごすことは出来ないと、足を急がせながら平七郎は考えていた。

「留吉さんの話では、神田堀の土手で殺されていたようですよ」

並んで急ぎ足の秀太が言った。

「神田堀……何故善兵衛がそんなところに行ったんだ」

「私もそれを考えていたんですが……」

竪川の二ノ橋から神田堀まではかなりの距離がある。橋の番人として暮らしている善兵衛が、神田堀などに用があるはずがない。

「急ごう……」

平七郎と秀太は、竪川に架かる二ノ橋めがけていっそう足を早めた。

「おや、あれは亀井さんですよ」

番小屋に到着した二人は、番小屋の中から出て来た亀井市之進と工藤豊次郎の姿に気が付いた。

「これはこれは、お二人お揃いで……」

亀井たちも平七郎たちに気づいて、手を上げて迎えた。

「善兵衛の死体を見つけたのは小間物売りだ。丁度近くの番屋に私がいたものだから」

亀井はそう言った。そして、

「いま町の者たちが別れをしているところだ」

小屋の中をちらりと見た。

「うむ」

平七郎と秀太は小屋の中に入った。

狭い一畳ほどのところに、善兵衛は寝かされていた。町の者が二人、善兵衛の側に寄り添うように座っていたが、平七郎たちが入って行くと、

「またまいります。町内の志《こころざし》ある者たちからお金を集めて、せめてささやかな弔《とむら》いをしてやりたいと思います」

町人二人はそう言って外に出て行った。

平七郎はもの言わぬ善兵衛の顔を見入った。

「やあ、あんたかい……」

そう言って煙草をスパスパやり始めやしないかと願った。

だが無駄だった。

「弔いが済んだら、善兵衛は回向院《えこういん》に葬《ほうむ》るつもりだ。無縁仏《むえんぼとけ》としてな」

亀井が言った。

「………」

平七郎は、その言葉を耳でとらえながら、善兵衛の着物をはぐって体の傷を確かめた。

左胸を一突き、それが致命傷になったらしい。

「匕首だな……」

善兵衛の着物の胸を合わせながら平七郎は言った。

「そうだ、ついこの間殺された九郎次も匕首で一突きだったな」

亀井は言った。その言葉に平七郎が頷くのを確めると、煙幕を張った。この先この殺しで平七郎に追及されないように、そんな意が見えた。

「ただ、今度のこの事件も、殺されたのが橋番だ。どうせ上役からこう言われる……橋番の爺さん一人の死にかまっちゃいられないってな」

「それはないでしょう。橋番だって、侍だって、皆同じ人間ですよ」

秀太がむっとした顔で言った。

「分かってるよ、そんなことは……だけどな、世の中はそんなもんだ。たとえば身なりでその人の値打ちを決めるなっていうけれど、やっぱり人間は表面的なもので人を測ってるんだ。善兵衛だって、昔の材木問屋の主のままだったら、そんな粗末な扱いは受けないだろうよ」

「じゃ、この事件はこれ以上の探索はしないと……」

「秀太……」

平七郎は秀太を制すると、

「亀井さんたちがやれないというのなら俺たちが探索すればいいんだ。善兵衛は歴としたこの二ノ橋の橋番だったんだ。橋廻りとして放ってはおけぬ」

「それがいい、頼んだぞ、立花さん」

亀井はほっとした顔で言った。

「ところで、善兵衛爺さんがいつも肌身離さず持っていた煙管がないな」

平七郎は善兵衛の周りを見回した。

「そんなものは持ってなかったな」

亀井が言うと、工藤も、

「爺さんが死んでいた辺りは一応草むらの中まで調べたんだが、そんな物はなかったぜ」

「おかしいな、そんな筈はないんだが……」

「気に入らないのなら現場を見てきてくれ」

亀井はそういうと、

「おい、立花さんを、爺さんが殺されていた場所まで案内してやってくれんか」

外に立っていた若い岡っ引きに声を掛けた。

五

なんでも八文屋《はちもん》という店が両国東《りようごく》にあるというので、平七郎と秀太は、善兵衛の弔いを済ませた晩にその店を探した。

「善兵衛爺さんの楽しみは、時々その八文屋に飲みに行くことだったんだ。小銭を握りしめてよ、嬉しそうに通っていたのが目に浮かぶぜ」

善兵衛の弔いにやって来た鋳掛《いかけ》屋の男がそう言ったのだ。鋳掛屋の男は何度かその店で善兵衛に会ったと言っていた。

橋の番人になってからは世を忍ぶような暮らしぶりをしてきた善兵衛だ。

別れた女房や縁戚の者、使っていた奉公人たちとも一切縁を切っての暮らしぶりだったただけに、手掛かりと言っても何一つ見当たらなかった。

「なんでも八文屋に行ってみるか」

平七郎は秀太と両国東の路地に入った。

鋳掛屋の男に聞いていたその路地には、安い飲み屋や飯屋が櫛比《しっぴ》していた。

どの店に入ったって高い金は取りそうもないのだが、なんでも八文屋は、たとえば魚にしたって売れ残りをかき集めたようなものを出すらしい。しかしそれでも一皿が八文というのが、金のない者たちにはありがたいのだった。むろん酒も湯呑一杯が八文というから、鋳掛屋や善兵衛などには通いやすい店だったに違いない。

「ここですね」

秀太は、赤茶けた腰高障子《こしだかしょうじ》を開けっ放して商っている小さな店の前で立ち止まった。

時刻は六ツ（午後六時）を回ったところだが、店は座る余地もないほど客が入っている。

「主はいるか」

中に踏み込んで奥の板場に声を掛けると、

「なんですか、いったい……」

五十がらみの女が顔を出した。

「ちょっと訊きたいことがあるんだが」

「こまっちゃうわね、この忙しい時に……」

女は不満そうに口走ると、

「おつね、頼んだよ」

板場の中にいる者に声を掛けると、前垂れで手を拭きながら、平七郎たちの前に出て来た。この女がこの店の女将《おかみ》らしい。

「すまんな、実はよくここに通っていたという、善兵衛という爺さんが殺されてな」

「えっ、善兵衛さんが……」

女将は驚いて、ここじゃなんだからと、表の通りに平七郎たちを促した。そして、

「なんで殺されちまったんですか、気の毒に……」

女将は顔をしかめてそういうと、後ろの店の中を振り返って、

「いい人だったのに……いつもうちにやって来るのは、こんなに混んでいない時、ええ、たとえば七ツ（午後四時）とかね。そして一杯のお酒を舐《な》めるように飲んでまし

たね。あたしのことを、感心な女将さんだ、なんて褒めてくれてね、あたしが亭主に捨てられた可哀想《かわいそう》な女だって、どこかで聞いたんでしょうね、そんなことを言って慰《なぐさ》めてくれたこともあったんですよ。あの人が来ると、あたしも、嫌なことがあった時なんて愚痴聞いてもらったりしてたからね」

女将は、訊きもしないのに、べらべらとしゃべった。

「そうか、ずいぶん親しくしてたんだな」

「だってあの人、二ノ橋の橋番やってるって言ってたけど、どことなく品があってね、普通の客とは違ったもの」

女将はさすがに良く見ていると、平七郎は思った。

「女将さんの言うとおりだ、人に恨《うら》まれるような人じゃない。そんな爺さんを殺した奴を、是が非でも見つけ出してお縄にしなけりゃならんのだ。どうだ、近頃爺さんに何か変わったことがなかったか、それを聞きたいのだ」

「変わったこと……そういえば」

女将は、すぐに何かを思い出したようだった。

「なんだね、話してくれぬか」

「ええ、つい最近のことだけどね、珍しくお酒をお代わりしたんですよ。いつも一杯って決めていた人が……」

女将の話によれば、その日、善兵衛は暗い顔をして店に入って来た。

「酒をおくれ」

そう言って、いつもの場所に腰を掛けたが、女将が酒を運んで行くと、

「女将さん、私はとんでもないものを見てしまいましたよ」

善兵衛はそう言ったのだ。

いつも話しかけるのは女将の方で、善兵衛が自分からしゃべりかけたのは初めてだった。

「あら、何を見たんですか」

女将が笑いながら問い返すと、

「生きがいだったものが崩れてしまうところをさ」

深いため息をついた。

「そんなものが見えるんですか、生きがいは見えないでしょ」

女将は冗談めかして言った。

だが善兵衛は真剣な顔をしていた。そのまま黙り込んだものだから、女将は一度板場に引き返したのだが、すぐに善兵衛は、酒のお代わりを言ってきたのだ。

「大丈夫ですか、飲み過ぎないようにしてくださいね」

女将が案じながら酒を置くと、善兵衛は苦笑して、

「馬鹿なことをしたもんだ。人助けをしたといい気になっていた。まったくお笑い草だ」

善兵衛は自嘲《じちょう》の笑みを漏らしたのだ。

「そういえば……」

女将はそこまで話し終えると、ちょっと考える顔になって、

「あれから来てないんだから、最後だわ、うちに来た最後の話よ、それ」

「そうか、善兵衛は生きがいを無くしたと、そう言ったのだな」

女将はこくりと頷いた。

「平さん、何か思い当たることがあるんですか」

なんでも八文屋の店を出ると、秀太が訊いた。

「うむ……」

平七郎は頷いた。

善兵衛から聞いたあの話……そう、七年前に新大橋で国蔵という若者を助けた話を、平七郎は掻《か》い摘《つま》んで秀太に話した。

「すると、善兵衛は、その国蔵に会ったのかもしれない、平さんはそう考えているんですね」

「うむ……」

「ところがそのことで、善兵衛さんは命を奪われることになった……」

「いや、まだそれは分からん、憶測の域だ」

「でもその憶測が当たっていれば、国蔵って人は、とんでもない人でなしということじゃないですか」

「秀太、善兵衛は一介の橋の番人ではないのだ。昔は人の羨望《せんぼう》を集めるほどの豪奢な商いをしていた人だ。当時は清濁《せいだく》合わせて飲む生き方をしていたろう。となれば、知らず知らずに思いがけない怨みを買っていたかもしれん。そうしなければ、生き馬の目を抜くと言われるこの江戸で大店を張るのは難しい」

「容易な先入観で先っ走るのは良くない、念を入れて善兵衛の昔を調べてみる必要がある、そういうことですね」

殊勝な顔をして秀太が言った。

その夜、平七郎は早々に自室に籠《こも》った。

文机《ふづくえ》の側には、父親が残した日誌が積んである。

平七郎は、燭台《しよくだい》を引き寄せると、その一冊を取り上げた。

新材木町にあった材木問屋『信濃屋』善兵衛と父親との関わりを調べるためであった。

平七郎は今日夕刻に、秀太と新材木町を訪れている。

信濃屋は東堀留川に面した場所に店を持っていたようだが、今そこは呉服問屋になっていた。

そこで隣の雑穀《ざっこく》問屋で話を聞いてみたのだが、一帯は六年前に火事に遭い、堀沿い全てが焼け落ちてしまったらしく、雑穀問屋もそのあとに出来たらしかった。

そこで対岸の仕出し屋に話を聞いてみた。すると、仕出し屋の女将はこう言ったのだ。

「それがさ、火を出したのが信濃屋さんだったんですよ。それで川沿いにある店のほとんどが焼けてしまって、責任感の強い善兵衛さんは、自分の店の再建より、そうした焼け出されたお店の再建に、焼けずに残っていたお金をぜーんぶ使ったんですよ。確かに火を出した責任はあったんだけど、死人は出ていなかったし、とにかく全財産を出して焼けた店すべて再建したんですからね、お咎《とが》めも軽くてすんだんです。善兵衛さんは責任感の強い人で、潔《いさぎよ》いというかなんというか、皆感心していましたね。でもそのことで、家族も奉公人も行き場を失ってどこに行ったのかねえ」

火を出した責任の重さを、仕出し屋の女は語ってくれたのだった。

それから考えると、善兵衛が誰かに恨まれるという筋書きは描《えが》きにくい。

それでふっと思い出したのが、

「大鷹の旦那は良く存じておりますよ」

あの善兵衛の言葉だった。

――ひょっとして父は、善兵衛とのことを書き残しているかもしれない。

父の日誌を調べようと思ったのは、それだったのだ。

一冊、二冊……息をもつかぬ勢いで日誌をめくるが、善兵衛に関する記録は出てこなかった。

それに、日付を突き合わせてみると、丁度一冊分、つまり一年分が抜けているのではないかと思われた。

その一年の間に善兵衛との関わりがあったというのなら、記録に残っていないのも頷ける。

平七郎は大きく背筋を伸ばした。どうやら夜半を過ぎたようだ。

深々と更《ふ》けていく夜の深さを感じながら大きく息をついた。

こんなに遅くまで文机の前に座ったのは久しぶりだと思った。まだ目指す一行に出くわしてはいないが、父の文字を追うことで気持ちが満たされているのを感じている。

「平七郎さま、お茶をお持ちしました」

その時、部屋の外で又平の声がした。

「おう、入ってくれ」

思いがけない又平の声に、平七郎は日誌から顔を上げて又平が入って来るのを待った。

「何かお調べでございますか」

又平は、お茶と一緒に、懐紙の上に金平糖《こんぺいとう》を載せてきた。

「おっ、金平糖ではないか」

珍しいなと一粒取り上げて口に頬ばる。

「はい、奥様がお持ちするようにとおっしゃって」

「何、母上が……母上はお休みになっておられぬのか」

「はい、お母上さまは、お父上さまがお仕事のために夜なべをなさっていた時も、遅くまで起きていらっしゃいましたから」

「なんと……又平、私のことはいいから、先にお休みになるように伝えてくれ」

「承知いたしました」

「お前も、もういいぞ。休んでくれ」

「ありがとうございます。それではお言葉に甘えまして、そうさせていただきます」

又平は、よっこらしょっと立ち上がると背を向けたが、ふっと気づいたように座りなおして、神妙な声で言った。

「ご覧のように、この歳になっては、体もいうことをききません。平七郎さまにも奥様にも不自由をおかけしています。私もそろそろ、お暇《ひま》を頂きたいと存じております」

「何を馬鹿なことを……お前に帰るところはないではないか」

「小梅村《こうめむら》にはまだ従兄弟《いとこ》が元気でおりますから」

「従兄弟ではお前の暮らしの役にはたつまい。それこそ厄介《やっかい》をかけるだけだ。お前はここで最後まで暮らす。母上もそのように申しているはずではないか」

「平七郎さま……」

「お前が動けなくなったら、他所《よそ》から下男を雇うつもりだ。飯炊き仕事は、先日来ねねという女が通ってきていると聞いているが……」

「はい……」

又平は、申し訳なさそうに返事をした。

母の里絵《さとえ》は、つい最近ねねという女を雇った。通いで台所仕事を頼んだのだが、又平に負担を掛けたくないという理由のほかに、里絵がお茶の先生としてだんだん忙しくなってきたからだった。

「おねねへの手当は、わたくしがなんとかしますからね」

里絵は平七郎にそう言って報告してくれたが、まだ平七郎は、おねねには会ってはいない。

なんでも木下藤吉郎《きのしたとうきちろう》の妻、あの、おねねさまにあやかろうと両親が付けた名だと聞いているが、飯炊きをしているようでは、あまり名前の効果はなかったらしい。

「又平、二度とそのような話は聞かぬぞ。お前は、お前ができるだけの仕事をしていてくれればそれでいいんだ」

「ぼっちゃま……」

又平は鼻を啜《すす》った。又平は、つい、ぼっちゃまと言った。近頃は改まって、旦那さま、などと呼ぶこともあるのだが、どうやらその時の心の動きでさまざまに呼んでくれているらしい。

　平七郎は苦笑して又平を見た。

　又平は深く頭を下げて、もう一度、よっこらしょっと立ち上がった。

「又平」

　今度は平七郎が、ふと気づいて声を掛けた。

「はい」

「父上の日誌だが、一冊抜けているのではないかと思うが、他の場所に移したということはあるまいな」

「さあ、私は……」

　又平は困った顔をしたが、

「ひょっとして奥様がお持ちかもしれません」

　というではないか。

「何……母上が日誌を読んでいるのか」

「はい、一度お見かけしたような……」

　平七郎は、皆まで聞かずに立ち上がった。

　急ぎ足で母の部屋に向かった。もう休んでいれば引き返そうと思ったが、里絵はまだ起きていた。

「母上、こんな時刻に申し訳ございません」

平七郎が断って部屋に入り、子細を述べると、

「これですね」

違い棚の手文庫の中から、一冊の日誌を取り出した。

「近頃になってようやく、旦那さまが残した日誌を読めるようになりました。わたくしの知らなかったことが多いのですが、中には聞きかじりですけれどわたくしも知っている話も出てまいります。懐かしくて……この日誌を読んでいると、旦那さまがそこにいるように感じられて……」

里絵はしみじみと膝《ひざ》の上に置いた日誌を愛おしそうに撫《な》でて言った。

「すぐにお返ししますから……」

「いいのですよ。この日誌はあなたのお役に立つようにと、きっとお父さまも思っていらっしゃいます。わたくしは後でゆっくり読ませていただきます。ですからどうぞ、存分にご覧なさい。これを読めば、いかにお父さまがご立派な方だったのか分かります」

里絵は熱っぽい口調で言った。

六

善兵衛についての記録は、母が持っていた一冊の中に書いてあった。

それは八年も前のことだった。

夜道で善兵衛は何者かに斬《き》りつけられた。丁度通りかかった平七郎の父が、その賊を取り押さえ、善兵衛は一命をとりとめたものの、八針も縫う大怪我《おおけが》を負ったのだ。

父は番屋で男の取り調べを行った。

賊の名は松之助《まつのすけ》、近江《おうみ》の瀬田《せた》から出て来た男で、善兵衛を親の仇《かたき》と言い、命をうばうつもりだったと告白した。

松之助の話によれば、松之助の両親は、瀬田の唐橋《からはし》の袂で小料理屋を営んでいた。父親が板前で、母が二人の小女《こおんな》を使ってお客をあしらう小さな店だった。

小女たちは近在の農家の娘で、六ツには家に帰るから、その後は家族三人となる。

ある日のことだった。松之助が十三歳になったばかりの夏の日の夜のこと、店を閉めようと暖簾を外したところに、一人の旅人が入って来た。

旅人は夜食を所望し、中仙道《なかせんどう》を江戸に向かうつもりだが宿も貸してほしいと両親に懇願《こんがん》した。

人の良い両親は、その男のいうことを真に受けて家に泊めた。ところが男は、その夜鬼と化して、両親を殺し、店にあった金を残らず奪って逃げて行ったのだ。

男はゼンベエと名乗っていた。松之助はその後、中仙道を江戸に向かったはずのゼンベエという名を頼りに旅を続けて江戸に出て来た。

そして、材木問屋の善兵衛という男にめぐり会ったのだ。

その名前だけで、姿かたちさえもあの夜の賊のように松之助には思えた。間違いない、あの男に違いないと、松之助は平七郎の父に訴えた。

だが、すぐに、ゼンベエはゼンベエでも、まったく人違いだったということが分かったのだ。

なにしろ事件が起こったその年には、善兵衛は江戸で興《おこ》した店が軌道にのり、水戸《みと》家上屋敷の離れの建て替えを請《う》け負うまでになっていた。日夜自ら水戸家上屋敷に詰めて材木の搬入、使用箇所などに目を光らせていたことが判明したのだ。

風か雲のように飛んでいかなくては、二つの地点を往復するのは不可能だったのだ。

松之助の起こした刃傷《にんじょう》は明らかに敵討ちではなく思いこみによる犯罪だったのだ。自分のうかつさで人を殺したとなれば死罪は免《まぬが》れないだろう。たまたま善兵衛の命は助かったからよかったものの、松之助の遠島《えんとう》は免れまいと平七郎の父は思ったようだ。

ところが、一部始終を知った善兵衛は、襲われたことは不問に付したい。前途ある若者の一生をこれ以上台無しにするのは忍びない。罪一等を減じてやってほしいと嘆願書まで提出したのだった。

「憎むべきはその旅人、人の命を奪うことは決して許されるものではない。これで松之助を処罰したならば、本当に罪を問わなければいけない悪人に手を貸したことになる」

善兵衛の、悪を憎む熱心な意を汲んで、平七郎の父は上役に働きかけた。

やがて松之助は、御府内追放で決着し、江戸を去ったのだった。

『善兵衛という男、ただ金儲《もう》けに走る人間ではない。正義感の強い、しかも懐の深い男だ。一代で身代《しんだい》を築いただけのことはある』

日誌の結びにはそうあった。

「…………」

朝方になってようやく読み終えたが、

——善兵衛はなぜ殺されたのか……。

という謎《なぞ》が解けることはなかった。

平七郎は、燭台の火を消して、ごろりと横になった。

外は白々と明けてきている。仮眠をして、また橋廻りに出かけなければならない。

すぐに眠りに入りかけたが、がばと起き上がった。父の記録の中にあった……善兵衛は正義感の強い男……という件《くだり》が大きく頭の中に広がったのだ。

——そうか、そういうことなのだ。

平七郎は笑みを浮かべると、立ち上がって庭に面した障子戸を開けた。

すがすがしい朝の空気が瞬《またた》く間に平七郎の体を包んだ。

大きく息を吸って伸びをした。夜露《よつゆ》で生気を取り戻した庭の前栽《せんざい》の緑が目に飛び込んできた。

父の日誌を読んで収穫がなかったと疲れを感じていたのが嘘《うそ》のように取れている。

気持ちは一転して、やはり日誌から得たものは大きかったと、父の同心としての姿勢に脱帽している。

父の日誌に見える善兵衛という男は、自分を襲った男を許すほど心の広い男だ。それは善兵衛が、誰よりも真の悪を憎むという、生まれついての性癖がそうさせたとしか思えない。

父のいう善兵衛の正義感は本物だ。その善兵衛が、なんでも八文屋の女将に、自分はとんでもないものを見たと言っている。またそのことで、生きがいを失ったとも話しているのだ。

やはりそこに浮かび上がってくるものは、国蔵の存在だった。

――まずは国蔵捜しだな……。

平七郎は思った。


「善兵衛さんの殺しもそうですが、私はこっちも許せないのですよ。すみませんがおつきあいください」

秀太は足を急がせながら平七郎に言った。秀太が憤《いきどお》っているのは、九郎次殺しの一件だ。

亀井と工藤の二人は、殺された者がならず者や橋の番人だと、調べも身を入れることなく、最初から匙《さじ》を投げているも同然だ。

九郎次が人足寄場で仲が良かった勘助の探索にしたって、手下に宿元の勘助の叔父の家を見張らせたのはいいが、昨日から勘助が家に戻っていると知りながらほったらかしだ。

「亀井の旦那も、工藤の旦那も、他の捕り物で忙しいようです。あっしもいつまでも見張ってるわけにはいきませんので、もう引き払います。それで、亀井の旦那は、立花さまや平塚さまに後をお願いしたいと、そういうことです。お願いします」

なんと亀井の手下は、そう告げて帰って行ったのだ。

そこで二人は、急遽《きゅうきょ》元町の勘助の叔父の家を訪ねることになった。

「言っては悪いですが、ああいうふうだから定町廻りから飛ばされそうになってるんですよ。なんにも知らずにあの二人は、横着な手抜きばかりして、泣きを見るのも、そう遠くではありませんね」

嗤笑《ししょう》した。

「秀太……」

諫《いさ》めた平七郎も、二人のお気楽さには正直呆《あき》れ果てている。

「だがな秀太、ものは考えようだ。おかげで橋廻りでは経験できぬ捕り物までやらされているが、秀太のためには良いのではないのか。励《はげ》んでおけば後のためになるはずだ」

平七郎は秀太を慰めた。

「確かに……」

秀太はにやりとした。上役の大村虎之助から、人事の一端を聞かされてまもない。亀井と工藤の後釜《あとがま》には、きっと自分と平七郎が座るのだと期待で胸は膨《ふく》れているのである。

「勘助はいるな。会わせてくれ」

元町の小さな瀬戸物屋の店先に立った秀太は、はたきで品物のほこりをはたいていた五十がらみの男に言った。

「は、はい」

男は怯《おび》えた顔で二人を見た。同心姿の侍に訪問されてぎょっとしたようだ。慌てて中に駆け込むと、階段下から二階へ叫んだ。

「勘助……勘助！」

平七郎と秀太は、男の後ろから店の中に踏み込んだ。

「勘助！」

もう一度男が勘助を呼んだその時だった。

屋根を踏む音がしたと思ったら、どさりと店の表で音がした。

坊主頭《ぼうずあたま》の男が屋根から飛び降りたのだ。だがしたたかに体を打ちつけたらしく、動こうにも動けないようだ。

「勘助！」

男が叫ぶ。坊主頭は勘助だったのだ。

「叔父貴、俺は何もやってねえよ！」

勘助は男に叫び返すと、やっと起き上がって足を引きずりながらも六間堀《ろっけんぼり》の方に走り出した。

「逃げるでない！」

平七郎が叫びながら秀太と表に走った。

引きずりながらでも勘助の足は速かった。人足寄場の過酷な労働に耐えてきた体は、転がるように走っていく。しかも路地から路地に走りこむ。二人は見失わないように追うのがやっとのこと、正直泡を食った。

「………！」

二人は、いくつかの路地に走りこんだ時、勘助の姿を見失ってしまった。

「平さん……」

秀太が悔しがって地団太《じだんだ》を踏む。

だが平七郎の目は、まだ諦《あきら》めてはいなかった。耳を立て、鋭い視線で周りの家々の塀の中を舐めるように探っている。

「平さん、引き返しますか」

諦め顔の秀太が言った。

「しっ」

平七郎は、口に手を当てて制した。その時だった。

「ワワワン、ワン！」

すぐ右手の塀の中で犬が激しく鳴き出した。

すると、なんとその塀の上に、ひょいと坊主頭が現れたではないか。

「あっ、勘助！」

秀太が指さした。

勘助は大慌てで塀の上を移動すると、ひょいと外に飛び降りた。二人が居る場所から五間ほどの場所だった。今度は難なく着地して走り出した。

「待て！」

秀太が追っかける。

「秀太、邪魔だ！」

平七郎は、叫ぶと同時に、懐から木槌を摑み出して投げた。

「ああ！」

勘助は声を上げて前のめりに倒れた。勘助の足元には木槌が転がっている。

「うう、いてえ……」

右足首を押さえながらうめく勘助に、

「馬鹿なやつ、話を聞くだけだ。なぜ逃げる」

秀太が襟元《えりもと》を捕まえて怒鳴った。

「恐ろしかったんだよ、俺は……あの九郎次が殺されたんだぜ。次は俺が狙《ねら》われるんじゃないかと思ってよ」

勘助は叔父の家の、店の奥の板の間に座ると、首をすくめて見せた。

「九郎次が殺されたのを知っているんだな。お前は、誰に殺されたのか知っているのか」

平七郎が訊いた。

「へ、へい。献残《けんざん》屋の海老屋伊兵衛って奴だ」

「献残屋だと……」

秀太と顔を見合わせた平七郎に、

「九郎次の話じゃ、昔は国蔵って言う名の男らしいんだが」

「何、国蔵だと……」

平七郎は驚いて声を上げた。

「へい。そうです。国蔵は昔の名を捨てて、今じゃあ海老屋伊兵衛と名乗っていやす。九郎次はあの晩、海老屋と待ち合わせしていたんだ。俺は九郎次が帰って来るのを待っていた。そしたら、帰ってくるどころか、翌日になって殺されたことが分かったんだ」

「勘助、お前がいま言ったことに間違いはないな。国蔵が海老屋伊兵衛だということだ」

平七郎は念を押す。

「違うものか。人足寄場でよ、九郎次の話の中に何度も出てきた野郎の名前だ。耳にタコができてらあな。九郎次の話じゃ、あいつはうまいことやりやがった、悪党はやることが違うよ、なにしろ国蔵は、行き倒れのふりして大店の旦那に泣きつき、多額の金をせしめたんだって……そしてその金で店を持ったっていうんだから、あっしも驚いた。だからよ、九郎次の気持ちとしては、昔の仲間なんだから、少しは回してくれてもいいいんじゃないかっていう訳だな」

「すると九郎次は、海老屋の伊兵衛に金の無心に行ったというのか」

「へい」

平七郎と秀太は、互いに顔を見合わせた。

「九郎次は殺される二日前に一度海老屋の店に行ってるんだ。ところが海老屋は、その時、日を改めて会おうと言ったらしいんだ。その約束した日が、あの、殺された晩だったっていう訳さ。海老屋から金が入ったら俺にも少し恵んでくれるっていうからさ、俺は九郎次の帰りを寝ずの番で待ってたんだから」

「平さん……」

目を見開いて勘助の話を聞いていた秀太が、改めて険《けわ》しい目で平七郎を見た。これはとんでもない話を聞いた……秀太の目はそう言っている。

「勘助、お前が知っている話を聞かせてくれ。九郎次と国蔵の関係を知りたい。何、お前に迷惑はかけぬから安心しろ」

平七郎は勘助の顔をじっと見た。

「海老屋の伊兵衛、昔の名は国蔵で越後《えちご》の生まれだ。水呑み百姓の次男坊だと聞いていやすぜ。江戸に出てきたのは口減らしのため、欠け落ちしてきたんだなどと、国蔵はもっともらしいことを言っていたらしいが、真っ赤な嘘だな。国蔵は、村の、人の女房を犯そうとして亭主のいないのを見計らって家に押し入ったんだ。だが、偶然亭主が家に帰って来て見付かった。それで大騒ぎになって名主《なぬし》の前に引きずり出された。それで、村から追放になったんだ。村八分《むらはちぶ》だな。両親とも、親類縁者とも縁をスパッと切られて無宿人になったって訳だ」

勘助は自信ありげな口調で言った。

七

無宿人となった国蔵は、すぐに京に向かった。

一旗揚げようと考えたのだ。一旗揚げて自分を追い出した奴らを見返してやると――京なら自分の過去は分かるまい、そう思ったらしい。

だが半年もたたないうちに、国蔵の考えは甘かったことが分かった。

後見人もいない無宿人を京の人間が受け入れる筈がない。

むしゃくしゃしていたところに、金蔵《きんぞう》と九郎次という男たちと出会い、まもなく三人は商家に盗みに入ったのだ。

しかし、考えていたほど押し入った店に金は無かった。金箱から三十両を奪って逃げたが、鴨川《かもがわ》で分け前のことで金蔵と争いになり、国蔵は金蔵を殺してしまった。

その時国蔵は、鬼気迫る顔で九郎次に言った。

「いいか、今夜のことはすべて、皆忘れるんだ」

国蔵は有無を言わさず九郎次の手に十両を握らせた。そして自分は二十両を握った。

九郎次はこの分配に不満だった。しかし国蔵は、金蔵の分については、金蔵を殺した自分に権利があるのだと言わんばかりの脅《おど》しの目で、九郎次を威嚇《いかく》したのである。

間もなく二人は、別々に京を出た。

今後一切、互いに見知らぬ人間として振る舞おうと約束していたのに、再び江戸で会ったのだった。

場所は深川の永代寺門前町の博打場だった。二人とも、もう金は使い果たしていた。賭博《とばく》に一縷《いちる》の望みを賭ける暮らしになっていて、むろんねぐらも無く、博打場や仲間の住処《すみか》にもぐりこんでその日暮らしをしていたのだ。

そんな暮らしが長く続いたある日のことだった。国蔵が大金を手にしたという噂を、九郎次は人づてに聞いた。

国蔵はそれからぷっつりと博打場には来なくなった。

それから一年が経った頃だった。九郎次は国蔵が献残屋を始めたと知ったのだった。

——今度こそ手堅《てがた》くいくらしいな……。

そう思ったとき、九郎次は自分だけが置き去りにされたような気分になった。

ささくれだった気持ちを博打に向けたが、憤りは膨らむばかり。そんなある夜、賭場で大金を張る油屋の道楽息子に腹が立って喧嘩をふっかけた。この喧嘩で、九郎次は道楽息子に怪我を負わせ、人足寄場に送られたのだった。

丁度勘助もこの頃人足寄場に送られていた。

勘助は出職《でしよく》の畳職人として親方の仕事を手伝っていたのだが、仕事先の商家の金箱から一両の金をくすねたところを店の番頭に見付かって番屋に突き出され、それで人足寄場に送られたのだった。

勘助が九郎次と初めて会ったのは、この人足寄場だったのだ。

二人は、人足寄場に送られた時期が同じということもあったのだが、寝起きする小屋も一緒で、互いの身の上を話し合う仲になったのだ。

人足寄場での九郎次の口癖《くちぐせ》は、

「海老屋伊兵衛は人まで殺《あや》めているんだぜ。そんなあいつが今日までお縄にならずに暮らす事が出来たのは、あっしが黙ってやっているからじゃないか。そうだろ……。だから今度こそ、今度こそこの島を出たら、あいつに口止め料ぐらい貰わなくちゃ合わねえやな。だからよ、勘助、うまくあいつと話がついたら、お前にも分け前をやるよ、分け前が入ったら、どうだ……二人で何か商いをやってみねえか……」

九郎次がそんな話を口にする時には、遠くに星の光を見つけたような、そんな希望のある顔をしていたものだ。

正直とりとめのない話だと勘助は心ひそかに思ったが、御赦免が近づくにつれ、勘助も九郎次の話に夢を持つようになっていた。

人足寄場で三年間というもの、今にもぶったおれそうになるほど働かされてきた二人である。給金というか手当というのか知らないが、雀《すずめ》の涙ほどの金はくれたが、それだって娑婆《しゃば》に出て暮らしの糧《かて》になるほどの額じゃない。

金がない者が御赦免になったところで、どうやって糊口《ここう》をしのげというのか。しのげるもんか――。

そんな不安が湧《わ》き上がってくると、多くの罪人の前途と同じく、暮らしや人との繋《つな》がりなど、すべてが虚《むな》しいもののように思われるのだった。

勘助は、ますます九郎次の話に期待を持つようになっていったのだ。

「そういうことです、旦那……」

勘助はそこまで話し終えると、大きく息を継ぎ足した。

「人足寄場を出たのは、九郎次もあっしも同じころでした。ですから、九郎次が海老屋に仕掛けをしたんだって、一部始終を聞いていたから、あっしは良く知っていたんです。むろん海老屋って奴は、京にいる時から恐ろしい男だってことは知っていたんだ。ですからね、あっしが九郎次とつるんでいたと海老屋が気が付けば、今度はあっしが狙われるんじゃねえかって、それで恐ろしくなって身を隠してたんでさ」

勘助は怯えた顔でそう締めくくった。


平七郎と秀太は、まもなく勘助の叔父の家を出た。

その足で大伝馬町に暖簾を張る海老屋に向かった。そして、海老屋の差し向かいにある蕎麦屋に入った。

秀太が目ざとく海老屋を見張れる椅子に陣取ると、注文を聞きに来た小女に言った。

「蕎麦を二つくれ。すまんがしばらくここに居させてもらうぞ」

窓を開けて早速道の向こうにある暖簾を睨《にら》む。

小女はまもなく蕎麦を運んで来た。そして、怪訝《けげん》な顔で二人を見た。何か言いたそうだ。

「なんだ……ここに長く座っていたら邪魔《じゃま》か……何、混んで来たら出て行くから」

秀太が笑った。すると、

「そうじゃないんです。つい先日も、そこにそうやって、蕎麦を注文してお向かいの海老屋さんを見張っていた方がいるんです」

「何、どんな男だ。若い、遊び人風の男か」

秀太は九郎次を意識して訊いてみたが、小女は、いいえと首を横に振って、

「お爺さんです」

というではないか。

「お爺さん……」

「ええ、珍しい龍の彫物のある煙管を持ったお爺さんです」

「何、まことか」

平七郎は、驚いた。

「平さん、善兵衛爺さんのことですね」

秀太も驚いて言った。

「名前は聞いていませんけどね……」

小女は前置きして、その爺さんは長い間その椅子に腰かけて海老屋を注視していたが、海老屋の旦那が出てくると、慌てて店を出て行ったのだと教えてくれた。

「どんな様子だったのだ、その爺さんは……お前が気づいた事、なんでもいい、話してくれ」

平七郎は言った。

小女は、ちょっと困った顔をしていたが、爺さんが海老屋を見る目は険しかった、息もつかぬようにして見ている爺さんの顔は怖かったと言い、

「そうそう、こんな事、言ってました。海老屋の旦那の評判はどうだと……」

「それで、なんと言ったのだ」

「あんまり良くないって……」

小女は、言いにくそうに小さな声で呟くように言った。

「ほう、どう良くないんだね」

「だって、あのお店の前で袋叩きにされた人がいるんです。遊び人風の人でしたが、海老屋の御主人は、とっとと消え失せろ、なんて恐ろしい声で怒鳴っていましたからね。こっちで聞いていても怖かったのを思い出します」

「…………」

「だいたいあのお店は、前は太物《ふともの》を扱うお店でした。温厚な御主人でしたが、ある日突然大川に身を投げて亡くなって、初七日も来ないうちに海老屋さんが乗り込んできたんです。おかみさんや奉公人の人たちも追い出されて、可哀想に……噂では海老屋さんに借金があったとかで、それで店を取られたんだと……」

「その、おかみさんは、今どこで暮らしているのだ……」

「田舎《いなか》に引っ越して行ったそうですよ」

「奉公人は？」

「さあ、どこに行ったんでしょうか。とにかく、この近所では、海老屋さんに乗っ取られたんだと言ってましたね。だからみんなあのお店は敬遠していますよ」

「そうか、いや、ありがとう」

平七郎が礼を述べたその時、小女が声を上げた。

「あっ、あの人が海老屋の御主人、伊兵衛さんです」

平七郎と秀太は、店の前に出て来た伊兵衛の顔を見詰めた。

――目のふちに痣がある。善兵衛の話に出て来た国蔵だ。

平七郎は、男の顔を見て、まずそう思った。

用心深く目を光らせて出かけていく海老屋の伊兵衛は、善兵衛が助けてやったあの行き倒れ寸前の男だったのだ。

平七郎は、きらりと秀太と視線を合わせて言った。

「有無を言わさぬ証拠がいるな」

「はい」

秀太は力強く返事した。

八

「やっぱりここですね。このあたりでした、九郎次が殺されていたのは……間違いないと思うのですが……」

秀太は草むらの中に入り、あたりをぐるりと見渡したのち、長い棒切れでその場所を指した。

「うむ……」

頷く平七郎も長い棒切れを持っている。その棒切れで草の茂みをかき分けかき分け、九郎次殺しの物証を探してきたのだ。かれこれ一刻になる。

もはや日は西に傾いて、あと半刻（一時間）もすれば町は薄闇に包まれるだろう。

それまでに何か摑みたい……二人は時間に追われるように草むらを捜したが、証拠になるような物は何一つ出てこなかった。

明日は善兵衛が殺されていた神田堤に回るつもりだが、出鼻を挫《くじ》かれると、次の現場の調べも徒労に終わるのではないかという不安と苛立《いらだ》ちを覚える。

「まったく、こう暑くっては……」

秀太は懐から手巾《しゅきん》を出して額の汗をぬぐった。その視線の先に見える新シ橋の上を、屋台を引いて蕎麦屋が通るのが見えた。

「蕎麦より、ひやっこい水がいいな」

蕎麦屋の屋台を何気なく追う。

蕎麦屋は橋の南袂に降りると、土手近くに屋台を止めて店を開き始めた。どうやら、今夜は橋袂で商いをするらしい。

早速蕎麦屋に声を掛けた女がいた。土手を駆け上がって二言三言言葉を交わしている。遠くから見ていても夜鷹だとすぐに分かった。

「夜鷹か……」

と平七郎は呟いたが、すぐに、

「秀太……」

秀太を促して、常々夜鷹がたむろしている土手の小屋に向かった。

「あら、旦那、何か御用ですかね」

五十は過ぎているかと思える夜鷹が、にっと笑って小屋から出て来た。同心と知って商いを咎められるんじゃないか、そんな微《かす》かな怯えを顔に映している。愛想《あいそ》笑いは同心姿への媚《こび》だった。

その女の顔のおびただしい皺、濃い化粧の下に垣間《かいま》見える貧しい暮らしが、平七郎と秀太の目には、おぞましくもあり痛ましくも見えた。

「訊きたいことがあるのだが……何、商いのことじゃないから安心してくれ……」

平七郎はまず女を安心させてから、すぐ近くで最近あった殺しを見た者がいないか訊いた。

夜鷹は一瞬言葉を失った。知っているのだ、と平七郎は思った。

ほんのしばらく夜鷹は逡巡《しゅんじゅん》していた様子だったが、

「ずっと隠してはおけないもんね、旦那、見た人はおりますよ」

　声を潜《ひそ》めて教えてくれた。

「その女に会いたいのだが、名は……」

「おとめっていうんですがね、でももっと暗くならなきゃ来ませんよ」

「分かった、一刻ほどしてまた来る。その時には会わせてくれ」

　平七郎は、夜鷹の掌に一朱金を握らせた。

「ありがと、旦那……ついでに牛太郎《ぎゅうたろう》とおとめにもね」

　夜鷹は遠慮がちに催促してきた。牛太郎というのは、夜鷹の警護を兼ねた客引きの男の事。夜の土手の商いを差配するその男と、話を聞くおとめにも、心づけをしてほしいというのであった。

「分かってるよ、手間をとらせるんだ」

　平七郎は言った。

　そして秀太と二人、近くの飯屋で一服したのち、頃を見計らって再び夜鷹小屋を訪ねた。

　すると、あの初老の夜鷹と、もう一人の夜鷹が、小屋の中で灯明《とうみょう》の明かりを頼りに座っていた。

「おとめといいます。歳は三十。あたし、よっぽどお奉行所に、あの日見たことを訴えようかと思っていたんですが、あたしと一部始終を見ていたお客が今度来た時に、相談してみようかなと思っていたんです」

と言ったのだ。

「何、すると、お前ともう一人、お客も殺しを見たのか？」

「はい、月に一度ぐらいかな、ここに来るんですよ、そのお客さん。でももういい歳なんです、お爺ちゃん」

「爺さん……名前は？」

「名前ですか……」

おとめは、初老の夜鷹の顔を窺《うかが》った。

「言っておしまいよ、おとめさん、何もかもね、あの爺さんだって怒りゃあしないよ」

初老の夜鷹の言葉に、おとめはそうねと頷いて、

「善兵衛さんっていうんです」

と言った。

「何！」

平七郎は仰天《ぎょうてん》した。

「橋番の善兵衛か……」

秀太が興奮した顔で聞き返す。

「あら、知ってるんですか」

おとめが目を丸くした。

「知っているとも、しかし、橋番の善兵衛なら殺されたぞ」

「そんな……おかねさん……」

おとめは怯えた顔で初老の夜鷹の手を握った。

「案ずるな、善兵衛はわざわざ、男を殺した下手人に会いに行ったらしい、確かめにな……それで殺《や》られた。おとめさんだったな、お前さんにまで手が伸びることはない」

「信じていいんですね」

「大丈夫、それより、見たままを話してくれ。人殺しをした奴を捕まえれば、なお安心じゃないか」

おとめは大きく頷いた。

「あれは……確か五ツの鐘をきいてまもなくでした。あたしと一緒に横になって空の星を数えていた善兵衛さんが、そろそろ帰ろうか、なんて言いだしたんです」

おとめの話は、そんなところから始まった。

善兵衛という爺さんは、この一年あまり、月に一度ほど柳原土手《やなぎわら》にやって来て、おとめと一刻ほどを一緒に過ごした。

きっかけは、柳原土手を通りかかった善兵衛に声を掛けたのが、おとめだったからである。

いっとき過ごして金になればそれでいい……まさか暇つぶしに誘った爺さんが、まだ男としての精力を維持しているとは思わなかった。

だが、なんと善兵衛は、中年の男たちにも引けを取らない力強さでおとめを抱いたのだ。おとめは、つい声を上げたほどだった。

乱暴に扱ったというのではなかった。今までの客にはない優しさがあった。おとめの体を丹念にまさぐる爺さんの掌には、おとめをいとおしむ心が表れていた。

善兵衛のこの夜の行為には、消えかけていた火が燃え上がっていく、そんな情熱が感じられた。

「おじいちゃん……」

おとめは、おとめの体から離れた善兵衛の首に手をまいて抱き着いた。

行きずりの男が夜鷹に情を寄せてくれることはない。事が終われば、人目をはばかりながら逃げるように柳原土手を去っていく男たちばかりである。

一人の女、人間として扱ってくれたという満足感が、おとめの心を満たしていた。

この日におとめは名を名乗っている。

善兵衛も躊躇《ちゅうちょ》することなく名乗ってくれた。

「私も、お前さんのような女に出会ってよかった」

善兵衛はそう言った。

善兵衛が柳原土手に通うようになったのはそれからだ。

だが、初めにおとめと会った時のように、毎回おとめを抱くというのではなかった。おとめを抱く日もあれば、並んで横になり、空の星を数えたり、黙ってひとときを過ごすこともあった。

それでも善兵衛が幸せそうな顔をしてくれるのが、おとめは嬉しかった。

善兵衛は時には飴を買ってきてくれたし、せんべいやかりんとうなども持ってきてくれた。夜鷹の間では人気のある爺さんだった。

「うふふ……」

おとめは急にそこで含み笑いをしてみせると、

「善兵衛さんはね、自分が持ってきた手土産をみんなが食べるのを楽しそうに見ながら、自分はすっごい煙管出して煙草を吸うの……」

秀太が、きらっと平七郎の顔を見た。

「こちらのおかねさんが言うにはね、あの爺さん、きっと昔は相当な人だったに違いないよって……でもあたしは、何にも聞いたことはないの。ここじゃあ、誰も人の昔を詮索しないことになってるんだから……」

平七郎は頷いた。

「それでね……」

おとめは息をついて、平七郎と秀太の顔を見た。

じっと耳を澄ませて聞いてくれている二人の男の真剣さに促されるように、おとめはまた話し始めた。

「先にも言ったように、善兵衛さんが帰るというので、それじゃあと、あたしも善兵衛さんと草むらを這《は》い出して、新シ橋の方に行こうとしたんです。そしたら……」

善兵衛の手を取って月明かりの土手を這い出て来たおとめは、善兵衛に力強く引っ張られて、茅《かや》の茂みに腰を落とした。

すぐ間近に、二人の男が対峙《たいじ》しているのが見えた。

一人は店の主のようだった。対する相手は遊び人風の男だった。

遊び人風の男が、店の主にゆっくりと歩み寄った。

「金は……持ってきてくれたんだろ」

「ふん、お前もずいぶんいい度胸になったな」

店の主は、遊び人風の男を見下すような顔で言った。

「それを教えてくれたのは、国蔵、お前じゃないか」

遊び人風の男が店の主にそう言った。刹那《せつな》、善兵衛が息を詰めて呟いた。

「国蔵……」

そして目を凝らすが、次の瞬間、善兵衛はあっと口を押さえたのだ。

おとめも、国蔵という人の目のあたりに、月夜でも良く分かる大きな痣があるのに驚いていた。青黒く光って不気味だったのだ。

痣のある国蔵に、遊び人風の男は、更に恐ろしい言葉を並べた。

「今じゃあ結構な献残屋の主だが、俺はおめえの昔を知ってるんだ。京で押し込みをして金を奪い、河原で仲間を殺した。俺が今、献残屋の海老屋伊兵衛は、これこれこういう人間だと一言バラしゃあ、おめえの明日はねえんだぜ」

「分かったよ、九郎次、金ならやるよ」

伊兵衛と呼ばれた店の主は懐から巾着《きんちゃく》を取り出すと、九郎次という遊び人風の男にそれを見せた。

巾着の紐《ひも》を左手で摑んでぶらぶら巾着を揺らしながら、

「ただし、これっきりにしてもらうぜ」

冷たい目で笑った。

「分かってら」

にやりと笑い返した九郎次が、一歩踏み込んで手を伸ばし、ゆれる巾着を摑もうと一瞬気を取られたその時、

「野郎、なめるんじゃねえ！」

伊兵衛が右手で懐から匕首を摑み出して九郎次の胸を一突きした。

「うわっ！」

九郎次は、大声をあげてひっくりかえった。

その九郎次に乗りかかって、伊兵衛は一撃をくれた。

匕首を押しこむようにして九郎次が息絶えるのを待ち、やがて立ち上がると悠然と帰って行った。

おとめは、伊兵衛が立ち去っても震《ふる》えていた。

その肩をしっかりと抱きとめると、善兵衛が言った。

「いいかね、今夜のことは何も見なかったことにしなさい。いいね、分かったね」

善兵衛は怒りに満ちた目で、ゆっくりと立ち上がったのである。

おとめは話し終えると、青い顔で平七郎と秀太を見た。

「ありがとう。必ず人殺しは捕まえる。安心していてくれ」

平七郎はおとめの不安を鎮めるように言い、柳原土手を後にした。

「平さん……」

土手の上に立った時に、秀太が空を見上げて言った。

星が空に光っていた。

月は細く、星は一段と輝いて見えている。

——善兵衛、お前の仇はきっととってやる。

平七郎は、心に誓った。

九

伊兵衛はこの日、手代を連れて愛宕下《あたごした》の大名屋敷を回ったのち、京橋《きょうばし》三丁目にある『蔦屋《つたや》』という小料理屋に入った。

手代を店の前で帰したところをみると、伊兵衛は気に入りの酌女《しゃくおんな》に会いにきたらしい。

伊兵衛が蔦屋に良く行くことも、酌女のおみつという者にぞっこんなのも、この二日の間に調べ上げて分かっている。

後を尾けていた平七郎も秀太も、伊兵衛を追って中に入った。

「今、海老屋が入ったろう。隣の部屋に案内してくれ」

秀太は仲居に告げた。

「ちょ、ちょっとお待ちを」

仲居は慌てて奥に引っ込むと、女将を連れて出て来た。

女将は要領を得た顔で、承知しましたと言った。

十手《じって》を出さずとも、二人が羽織っている短い羽織は、町奉行所の同心の着るものと決まっている。

女将は神妙な顔で、側《そば》の仲居に、部屋に案内するよう言いつけた。

二階は三部屋しかない小さな小料理屋だ。二人が入ったのは中の部屋で、伊兵衛が入っているのは階段から見ると、一番奥の部屋らしかった。

「久しぶりだな、おみつ」

上機嫌の伊兵衛の声が聞こえる。

「ほんとに、旦那はもうあたしの事なんて忘れたんじゃないかしら、なんて思ってたところです」

おみつという女の、甘えた声が聞こえた。

秀太が、音をたてないように隣室とのふすまを一寸ほど開けた。

女をそばにはべらせて、うまそうに酒を傾ける伊兵衛が見えた。

「いろいろあってな。だがそれも決着がついた、今日は存分に飲むぞ」

「嬉しい、うんと酔わせちゃお、酔わせておねだりしようかしら」

おみつは酌をしながら媚びた目を向ける。

「いいよ、何でも買ってやるぞ」

「あたしね、お姫様が使うような鏡台が欲しいな。蒔絵《まきえ》を施した綺麗《きれい》な綺麗な鏡台

「……」

うっとりとして想像し、

「だって旦那は献残屋だもの、なんだって珍しい値打ち物があるんでしょ」

「それは駄目だな、酌女のお前がそんな物を持ってると分かったらお咎めを受ける」

「旦那……」

おみつは伊兵衛の体を揺する。

「駄目なものは駄目だ、他のものにしろ」

伊兵衛は苦笑しておみつの意を躱《かわ》した。

「それよりおい、茄子《なす》の漬物があるだろう。必ず膳《ぜん》に添えるように言ってきてくれ」

「もうっ」

おみつは、伊兵衛の膝をぐいっと押すと廊下に出た。

伊兵衛はにんまりして見送ると、懐から煙管を出した。

「！……」

見張っていた平七郎と秀太が顔を見合わせた。

二人がずっと伊兵衛を付け狙っていたのは、ひとつにはこの煙管のことがあったからだ。

肌身離さず善兵衛が持っていた煙管は、善兵衛が殺された現場にもなかった。高価な煙管だ。善兵衛を殺した奴は、きっとあの煙管を持ち帰ったに違いない、平七郎はそう考えていたのだ。

伊兵衛は、うまそうに煙草を吸い始めた。

その手にあるのは、まぎれもなく龍が彫られた善兵衛の煙管だった。

平七郎は、秀太に頷くと、立ち上がった。

いきなりふすまを開けた。

ぎょっとした目で伊兵衛が見た。

秀太がすばやく廊下側に立った。

「な、なんだ、どういうことだ」

そう返すのがやっとの伊兵衛は、慌てて煙管の灰を煙草盆に落とした。すかさず平七郎が歩み寄った。

「その煙管を見せてもらおうか」

「煙管を……」

伊兵衛の顔色が瞬く間に変わった。

平七郎は有無を言わさず、伊兵衛の手から煙管をもぎ取った。まじまじと見る。空に飛ぶ龍をあしらった見事な煙管だった。

「橋番の、いや、一昔《ひと》前には新材木町で材木問屋の主だった善兵衛が、時の名人、神田の藤次郎って男に彫ってもらったもの……それをなぜ、お前さんが持っているのだ?」

「な、なんだ、そんな事か。俺も彫ってもらったんだよ。冗談じゃねえや、勘違いもいいとこだぜ」

伊兵衛は気まずい顔で胸を張った。地金《じがね》が出て言葉もぞんざいだ。言い逃れができると思ったらしいが、平七郎は伊兵衛の目を睨み据えた。

「それはないだろうな。藤次郎は今病《やまい》の床だ。その藤次郎に昨日会ってきたんだが、こう言っていたぞ。あんな煙管はあれ一本、同じものは彫れねえ。あれは善兵衛さんだけの煙管だとな」

「ううっ」

立ち上がろうとした伊兵衛の肩を、平七郎は予期していたように間髪《かんはつ》容れず強い力で押し返した。

伊兵衛は腰から落ちるように座った。

「海老屋伊兵衛、お前が九郎次を殺し、善兵衛を殺したのは明白だ。お前の九郎次殺しを見ていたのは善兵衛だけじゃない、他にもいるぞ。証言ももらってある。そして、善兵衛殺しの証拠はこれだ。他にも京で殺しをしているようだが、それも調べれば分かることだ。立て、一緒に来てもらうぞ」

「わ〜！」

いきなり伊兵衛は吠《ほ》えながら立ち上がった。

階下から戻ったおみつが、息をのんで廊下に佇《たたず》む。そのおみつの前で、伊兵衛は懐から匕首を抜いた。

「ああ、ああ、女将さん！」

おみつが大声を上げて階下に下りて行った。

伊兵衛は、匕首を構えたままじりじりと廊下の方へ後じさりし、素早く障子を開けた。だがそこに秀太が立ちふさがっているのを知ると、次の瞬間、秀太に襲い掛かった。

「やっ」

だが秀太は、伊兵衛の匕首をひょいと躱すと、木槌で匕首を持つ手をしたたかに打った。

伊兵衛は、匕首を落として蹲った。

「へん」

どうだ、と秀太は得意げな顔でにっと笑って平七郎を見た。

「馬鹿、油断するな」

平七郎は秀太に叫んだ。同時に伊兵衛のもとに走り寄り、転がった匕首に伸ばした伊兵衛の手を踏みつけた。

「抵抗もこれまでだ」

平七郎の険しい声が伊兵衛の頭上に飛んだ。


「雨か……」

寝惚《ねぼ》け眼《まなこ》で縁側に出て来た平七郎は、庭に降り注ぐ雨を見た。雨は静かにやってきたようだ。起きるまで少しも気づかなかったが、庭の前栽には久しぶりの潤《うるお》いだった。

伊兵衛を大番屋から小伝馬町《こでんまちょう》に送り、本格的なお裁きが始まったのだが、今日はその報告に、善兵衛が葬られている無縁墓に参り、善兵衛がここ数年暮らした橋の番小屋を訪ねてみようと思っていたところだ。

――降り出したばかりのようだが……。

善兵衛にはやはり今日知らせてやる方がよいな。

雨が止《や》みそうもない空を眺めてから部屋に引き返そうとしたその時、

「平さん……」

庭から一文字屋の辰吉が現れた。

辰吉の差す傘を打つ雨の音は静かだった。しとしとと静かに降っているようだ。

「どうした、こんなに早く。まあ、上がれ、そこでは濡《ぬ》れる」

平七郎は辰吉を促した。

おこうとのことがあってから、辰吉は以前のようには寄り付かなくなっていた。

「それじゃあ」

辰吉は、傘を畳んで縁側に座った。

「上にあがってくれ」

もう一度勧めたが、

「いえ、すぐに店に戻らなくちゃ、急ぎの刷りがあるんです」

辰吉は、油紙に包んだ物を平七郎の前に置いた。

「おこうさんが、一刻も早く持って行ってほしいなんていうものですからね」

「なんだね、これは」

平七郎が取り上げると、

「京の大文字屋《だいもんじ》とうちは手を結んでいることを、平さんは御存じですよね」

「ああ、知っている。京都の読売屋だな。互いに情報をやりとりしている」

「へい、その大文字屋に、国蔵が鴨川の河原で仲間を殺した話を秀太の旦那から聞いてすぐのことでした。おこうさんが早飛脚《はやびきゃく》を使って、大文字屋に当時のことを聞き合わせていたんですが、その返事です」

「そうか」

平七郎は静かに頷いたが、正直嬉しかった。おこうは近頃自分を避けている、そんな思いも心の片隅にあったから猶更《なおさら》、胸にじんときた。

「読んでいただけば分かりますが、京の町奉行所が調べた結果も書いてありやすぜ。奴は、むこうではお尋ね者だったんだ。今度の裁きの助けになれればと、おこうさんがね」

「ありがたい、今日のうちに吟味《ぎんみ》役に必ず手渡す」

平七郎は、おこうに伝えてくれと言い、礼を述べた。

「じゃ、あっしはこれで……」

辰吉は雨の中を引き返して行った。

平七郎は、書状をぎゅっと摑むと立ち上がった。

「又平、出かけるぞ」

平七郎が役宅を出て奉行所に立ち寄り、更に秀太とともに回向院の善兵衛が葬られている無縁仏の墓に参り、その足で竪川に架かる二ノ橋の番小屋に着いたのは昼頃だった。

小雨の降る中を傘を差し、二人は小屋の前で佇《たたず》んだ。

善兵衛の後釜がまだ決まらず、主がいなくなった小屋は心もとなげに見えた。

平七郎は、小屋の前にある木株を見た。

木株は無防備に雨に濡れている。

「ここに座って、善兵衛さんは煙草を吸っていたんですね」

「うむ……」

平七郎にはいまだ鮮明にその姿が頭に焼き付いている。

「善兵衛、お前の仇はとってやったぞ。安心して一服つけろ」

平七郎は、懐から龍の煙管を出して木株に置いた。

雨は、龍を濡らし、龍は生きているように光って見えた。

——龍が泣いている。

平七郎は思った。
平七郎と秀太は、久しぶりに降り続ける慈雨《じう》の音に耳を澄ませて立ち尽くした。

第二話　風草《かぜくさ》の道

一

「旦那さま、お客様です」

又平が部屋の外に膝《ひざ》を折って告《つ》げたのは夜六ツ（午後六時）過ぎ、平七郎が文机《ふづくえ》の前に座ってまもなくの事だった。

来客は内藤孫十郎《ないとうまごじゅうろう》の使いだと又平は言った。

内藤孫十郎というのは、北町奉行榊原主計頭忠之《さかきばらかずえのかみただゆき》の家臣の一人で、内与力として榊原に仕えている榊原奉行の腹心だ。

平七郎が榊原奉行から歩く目安箱としての任務を拝命したその時から、内藤孫十郎は榊原奉行の意を受けて平七郎呼び出しの役を担ってきた。

「分かった、すぐに参る」

平七郎は、又平の持つ手燭《てしょく》を頼りに玄関に向かった。

使いの者は提灯《ちょうちん》を手に立っていた。まだ若い中間《ちゅうげん》のようだが、行燈《あんどん》の灯に照らされた顔は、まるで幽鬼《ゆうき》のように見えた。中間の背後には闇が広がっている。平七郎は気持ちを引き締めて使いの者の前に立った。

「立花平七郎さまでございますね」

使いの者は平七郎の名を確かめた。

「そうだ、立花平七郎だ」

平七郎が頷《うなず》くと、

「内藤さまの伝言です。今からすぐにお出かけくださいとのことです」

神妙な声で使いの者は言った。

「承知した、すぐに参ると、内藤さまにはそのように伝えてくれ」

使いの者はぺこりと頭を下げた。そしてくるりと踵《きびす》を返すと足早に帰って行った。

平七郎はすぐに部屋に引き返して文机に広げてあった書き物をざっと畳《たた》んだ。

近頃平七郎は、橋廻りになる前の、定町廻りの時代に手がけた事件を整理している。

父が遺《のこ》してくれた日誌に触発されて、自分もきちんと書き留めておこうと始めたのだが、これがなかなか手間取っている。

「こんな時間からお出かけですか」

大小を掴《つか》んで部屋を出ようとしたところに、母の里絵が顔を出した。

「遅くなるかもしれません。気になさらず母上はお休みください」

平七郎は言った。すると、

「ご心配なく、まだそんな年寄ではございませんよ」

里絵は笑った。そして、気を付けて行っていらっしゃいませ、と玄関まで出てきて見送ってくれたのだった。

平七郎は、又平が用意してくれた提灯を手に役宅を出た。提灯は無文字で無紋、こんな時には用心のために提灯にまで気を配る。

無地の提灯を持って出かけるときには、何か難しい話や捕り物で出かけるものだと立花家では決まっていた。母の里絵にしてみれば大いに気になるところだろうが、詮《せん》索《さく》がましいことは何ひとつ訊《き》かなかった。

父の時代もそうだったし、今もそうだ。どんな時間に外出しても、里絵は明るく送り出してくれるのだ。腹の座った母であることを、平七郎は有難いと思っている。

——それにしても……。

榊原奉行に呼び出されるのは久しぶりだなと思った。しかも日中に呼び出されることが多かったのだが、今日は夜を待っていたかのような呼び出しだ。いっそうの注意を払って参れ、そういう意を込めた呼び出しに違いない。

榊原奉行との密会場所、浅草《あさくさ》の新堀川《しんぼりがわ》沿いにある『月心寺《げっしんじ》』に近づくにつれ、平七郎は身が引き締まるのを覚えた。

門前に到着すると周囲に注意を払い、提灯の火を消した。

寺の坊主が門内に待機していて、黙って平七郎に頷くと、庫裏《くり》から廊下伝いに、離れの茶室に案内した。

この月心寺の茶室の庭は、昼間なら京の庵《いおり》を想起させる風情《ふぜい》がある。だが今夜は、月の光も無い。庭には前栽《せんざい》の黒い影が見えるばかりで、静かに、深い夜を迎えていた。

その闇の中に、茶室の灯が見える。

坊主は茶室の前で膝をついて言った。

「しばらくお待ちくださいませ」

平七郎は戸を開けて部屋に入った。

榊原奉行の姿は無かった。燭台《しよくだい》に灯された火が静かに炎を上げている。平七郎は床の間と相対するように端坐《たんざ》して待った。

まもなく、部屋の外に人の気配がして、

「待たせたな、今お茶を運ばせる。楽にしろ」

榊原奉行が力強い足どりで部屋に入って来た。

だが、榊原奉行は、寺の坊主がお茶を運んできて立ち去っても、

「まあ、一服してくれ……」

などと言って自身もお茶を喫《きっ》するばかりで、本題に入ろうという気配はない。平七郎と目も合わせず、涼を誘うために開けた丸窓から見える暗い庭に視線を投げては、また手元に視線を落としている。

――いったいどうしたのだ……。

平七郎も茶を喫しながら、榊原奉行の視線を追い、表情を窺《うかが》いながら榊原奉行の言葉を待った。

だが榊原奉行は、お茶を飲み終えても、空になった茶碗《ちゃわん》を手にしたまま思案の様子である。

平七郎は意を決して榊原奉行に言った。

「お奉行、いかがなさいましたか……何か心配なことでもおありですか」

「いやなに……」

榊原奉行はやっと茶碗を下に置くと、

「そなたを呼び出したのは、実は悩みに悩んでのことだったのだが、果たして、そな

たにこのような事を頼んで良いものかどうか、まだ迷っているのだ」

榊原奉行は、苦しげな表情で言った。

「私には、荷の重すぎる話だと……」

平七郎は、じっと榊原奉行の顔を見て訊いた。

「いや、そうではない。頼むとすれば、そなたしかおらぬ。だがな、わしは町奉行だ、それで逡巡《しゅんじゅん》しておる」

「おっしゃってください。奥歯にものの挟まったような、そんなおっしゃりようでは判断しかねます」

「たしかに、たしかにな……じゃ、こうしよう……話を聞いて、引き受けられぬと思ったら、その時には遠慮なく断ってくれ」

「承知いたしました。そういたします。ですからどうぞ、お話しください」

榊原奉行は頷いた。心なしか、ほっとした顔で、

「立花、くどいようだが、こたびの一件は、秘中の秘だと思ってくれ」

榊原奉行は言った。言われなくても、この月心寺で話される事柄はこれまでも秘中の秘、だった筈《はず》だ。だがわざわざ念を押すとは、よほどの事案に違いない。こんなためらいをみせる事自体これまでになかった事だ。

「実はこの夏、伊豆七島《いずしちとう》に向かって出発した流人船が、久里浜《くりはま》沖で難破したことは聞いておるな」

榊原奉行は、じっと平七郎の顔を見た。その表情には名状しがたい苦しげな色が窺える。

「はい、おおよそのことは……」

平七郎は頷いた。

この年五月中ごろのこと、永代橋近くの御船手番所から伊豆七島に向かった流人船が、浦賀《うらが》手前の海上で突然襲ってきた高波で難破し、流人五名、船手同心、船頭、それに水主《かこ》までもがあっという間に海に投げ出されて亡くなったという事件のことだ。

高波は、はるか湾の外の大海原《おおうなばら》から大きなうねりとなって江戸湾に襲い掛かり船を呑《の》み込んだものらしい。なぜそんな大波が襲って来たのか前兆も予測も超えた自然の異変といっていい。

海岸でその様子を見た者は、突然海の向こうから悪魔が襲ってくるような、そんな恐怖を覚えたと、これは当時の読売で喧伝《けんでん》されたことである。

沈没したのは流人船ばかりではなかった。漁に出ていた漁船も数知れず遭難したようだ。

残念なことに、生きて帰ってきた者は一人もいないという、近年の海の事故では最も悲惨なものだったのだ。

「ところがな、立花。実のところ流人が一人、浦賀の岸に打ち上げられていたようじゃ」

榊原奉行は言った。

「それはまことですか……初めて聞きました。それで、その者は生きていたんですか」

平七郎は驚いて訊き返した。

自分が定町廻りだった時には、捕縛《ほばく》した者たちがどんな罪を受けるのか、またその後の経過も見届けてきた。遠島《えんとう》になった者がいれば、その者が何時《いつ》江戸を離れ、どの島に流されたのか、詳細に把握していた。

ところが、橋廻りになってからは、そのような気配りとも無縁になっている。

まして今度の流人船が沈んだという話などは、噂《うわさ》で聞いた程度の知識で、榊原奉行の話には思わず耳目をそば立てた。

榊原奉行は話を継いだ。

「流人を見つけたのは漁師だったが、流人に脈があるのを知って、慌《あわ》てて船番所に届け出たようだ。すぐに小役人が駆けつけてきて流人を医者に診《み》せたらしい。もっとも、流れ着いたその男が流人と判明したのは奉行所の役人が駆けつけて、流人を記録した書類と照合したあげくのことでな。決め手は、流人の右手首にあった、幼いころの火傷の痕だ。そなたも存じている通り、流人船は浦賀で厳しい流人改めを受ける。前もって流人の資料が、浦賀奉行の手に渡っているからだ。奉行所の役人は、その流人改めの書類を持って漁師の家に行き、昏々《こんこん》とまだ眠っていた男の人相風体《にんそうふうてい》、体の痣《あざ》やしみまで突き合わせたようだ。そして目の前にいるのが流人の一人だと分かった

……」

「では流人の名も分かっているのですね」

平七郎は訊いた。たった一人命が助かったという流人に俄《にわ》かに強い興味を持った。

「分かっている。名は鹿之助《しかのすけ》という」

榊原奉行はきっぱりと言った。

「鹿之助……何者ですか」

畳み込むように平七郎は訊く。

「押し込みの一味だそうだ、吟味は南町が行っている」

「…………」

平七郎は頷いた。

「浦賀奉行所では、鹿之助に見張りをつけた。鹿之助が意識を取り戻し、体力が回復するのを待って縄を掛けるつもりだった。ところが、三日三晩眠っていた鹿之助が目を覚ましたことが分かった翌日、鹿之助は逃亡したのだ」

「………」

きらりと平七郎の目が光った。その目で榊原奉行を見詰めたまま、平七郎は言った。

「鹿之助を探索せよ、居場所を突き止めよ、そういう事ですか」

榊原奉行は頷いて言った。

「そうじゃ、流人鹿之助の探索をそなたに頼みたいと思ったのだ。ただ……」

榊原奉行はそこで言葉を切った。そしてまっすぐ自分に注がれている平七郎の眼に促《うなが》されるように言葉を継いだ。

「誰よりも早く、誰にも知られず拘束し、まずわしに連絡をしてもらえぬかと……」

「誰にも知られず、捕縛でなく拘束しろと……」

平七郎が訊き返した。拘束とはどういうことかと思ったのだ。

榊原奉行が苦しげな表情で頷くのを見て、

「そしてまっ先に、しかも誰にも知られないようにお奉行にお知らせせよとおっしゃるのですね」

平七郎は念を押した。探索せよというのは分かるが、なぜ榊原奉行はまっ先に自分に知らせよというのか……自ら鹿之助に確かめたいことがあってのことか……相手は流人だ……平七郎は釈然としなかった。

通常流人が船の事故で生き残った場合、直《ただ》ちに流人本人が申し出て、次の船を待って島に渡らなければならない。生き残ったからといってけっして刑が軽くなるわけではない。しかも逃走すれば罪は重くなる。遠島ではすまなくなる。鹿之助が逃走したとなれば、待ち受けているのは死罪だった。

――そんな人物をなぜ……。

平七郎は怪訝《けげん》な顔で奉行の顔を見た。

「腑《ふ》に落ちない顔をしているな、平七郎……」

榊原奉行は苦笑した。

「はい、鹿之助という流人と、何か関わりがあるのでしょうか」

平七郎は正直な気持ちを言った。

「うむ、そなたが訊くのももっともじゃ……」

奉行は頷いてほんの少し考えていたが、身を乗り出して言った。

「実はな、立花……鹿之助は先年亡くなった親友の外腹《ほかばら》の子ではないかと危惧《きぐ》しておるのじゃ」

「お奉行……」

「親友の倅《せがれ》を昔、わしが中に入って下総《しもうさ》の佐原《さわら》に養子に出したことがある。その子の名も、鹿之助だった」

「……」

平七郎は息を殺して榊原奉行の顔を見詰めた。

「もう昔のことでな、養子にやった先は長《おさ》百姓の家だった。苗字を許されていたほどの家だ。その家の跡取りにということで引き渡したのだ。きっと幸せに暮らしているに違いないと思っていたのだが、この記録書を読んでいて気になったのだ」

榊原奉行は、懐《ふところ》から書類を出して平七郎の前に置いた。

南町奉行所の吟味記録書の写《うつし》とあった。

「鹿之助の吟味書ですね」

吟味書を手にとってから榊原奉行の顔を見た。

榊原奉行は頷くと、

「佐原の長、三郷《みさと》が長男とある。わしが中に入って養子に出した佐原の家も三郷といったのだ」

「…………」

「万が一親友の倅なら、流される前に一度会ってやりたい。親友はもうこの世にはいないのだ。産みの母親の行方《ゆくえ》も知らぬ。そんな二人の間に生まれた倅が、鳥も通わぬ島に流されようとしているのだ。この江戸の地も、二度とは踏めまい。せめて両親にかわって見届けてやりたいと思ってな」

「しかし」

「さよう、分かっておる。わしは町奉行だ。だがな、わしは人として黙って見過ごすことは出来ぬのじゃ。遠くに養子にやられるとも知らず、わしに笑いかけていた赤子の顔を思い出すのじゃ」

榊原奉行は膝に乗せていた手で拳《こぶし》をつくった。

いつもは鷹揚《おうよう》で泰然《たいぜん》としている榊原奉行が初めて見せた心の動揺に、平七郎は驚いていた。同時に、榊原奉行をぐんと身近に感じていた。

「お引き受けいたします」

平七郎は、熱い気持ちできっぱりと言った。

二

数日後、平七郎は秀太とおふくの店に入った。

「ほんとうに、お久しぶりでございます」

おふくは嬉しそうに二人を迎え、帳場の奥の部屋に案内した。

「源《げん》さん、上方《かみがた》のお客さんを浅草まで送って行ったんですが、もうそろそろ戻って来る頃かと思いますから……」

二人にお茶を出して、

「お昼はよろしいんですか」

笑顔で二人に訊いた。

「昼は済ませて来た。お茶だけでいいのだ」

平七郎が答えると、

「せっかくおみえになったのに、お茶だけだなんて、ずいぶん水臭くなったもんですね」

おふくは不服そうだ。

「おいおい、そのうちに馳走《ちそう》になるよ。その時には、うまいものをどんと出してくれ、遠慮はしないから」

「はいはい、わかりました」

おふくは、機嫌を直して部屋を出て行った。

平七郎は茶を喫しながら部屋を見廻した。黒鷹と呼ばれていたころには、よくこの部屋で探索の相談をしていたものだが、可愛らしい小さな茶箪笥《ちゃだんす》と三段の桐《きり》の箪笥が置いてある。桐の箪笥は初めて見る品だが、相変わらず男っ気のない部屋だった。

おふくは、もう所帯を持つ気はないのだな……平七郎がそんな事をちらと思った時、秀太も同じような事を考えていたらしく、

「おふくさん、後添えの話も難しい歳になったんじゃないですかね」

小声で言った。

「聞こえるぞ」

平七郎が苦笑いして制したその時、

「旦那、ようこそ、おいでなさいやし。お久しぶりでございやす」

白髪《しらが》頭の源治《げんじ》が入って来た。源治はおふくの店の専用の船頭だ。猪牙《ちょき》船、屋根船など操ってお客の物見遊山《ゆさん》に同行している。

だが平七郎が定町廻りだった頃には、探索の時や捕り物に向かう時には、源治の船に乗って向かっていたのだ。

今回の探索に、平七郎が源治を加えたのは、それだけ一刻を争うことになる事件だと考えたからだった。

源治は膝をそろえて座ると言った。

「平七郎さま、どんな事でも、遠慮なくおっしゃってくださいやし」

源治の顔には、これから平七郎の探索の手助けをするのだという緊張と喜びが溢《あふ》れていた。

「ごめんなさいやし」

そこへまた一人やって来た。四十前後の赤ら顔の町人だった。

「てっつぁん……」

源治が、驚きの声を上げると、入って来た赤ら顔の男は、懐《なつ》かしそうに手を上げた。

秀太は見知らぬ男の出現に目を凝《こ》らしている。

「秀太、おぬしは初めてだな。紹介しておこう。俺が定町廻りだった時に十手《じって》を授けていた鉄蔵《てつぞう》という者だ」

「鉄蔵です、よろしくお願いいたしやす」

男が頭を下げると、秀太も名乗った。

「鉄蔵は、今は髪結《ゆ》いに専念しているが御用聞きの腕はいい。今回は一回こっきりの探索だが失敗は許されぬ。それで手を貸してもらえぬかと頼んだのだ」

平七郎は、男の愛称は、てっつぁんというのだと付け足した。

そして鉄蔵には、秀太のことを、かけがえのない同輩だと改めて紹介し、さあ始めようかと懐から書き付けを取り出した。

榊原奉行から預かった吟味記録を要約したものを書き出してきたのだった。すると、

「平さん、もう少し待ってくれませんか。実は辰吉を誘ってるんです」

秀太は慌てて言った。

「辰吉を……」

「鉄蔵さんが来るなんて知らなかったから、辰吉を誘ったんです。非番を利用しての探索でしょ。源さんは歳だから船頭で手いっぱい、だったら一人でも多い方がいいんじゃないかと思って」

秀太は機転を利《き》かしたのだ。

平七郎から仕事を手伝ってほしいと言われた時、秀太は快く引き受けた。これまでにも時々平七郎が橋廻りとは関係のない探索を手がけ、秀太もそれを手伝ってきた。

橋廻りとは関係のないその仕事が、榊原奉行からの特命だということもうすうす察知しての事である。

——今度の仕事もおそらく榊原奉行の特命に違いない……。

秀太は、手伝ってほしいと言われた時から、そう考えていた。

だったら失敗は許されない。必ず成果を上げて自分の存在をお奉行に知ってもらいたい、そんな気持ちがあったのだ。

「遅くなりやした」

まもなく辰吉もやってきた。辰吉も今度ばかりは妙に緊張しているようだ。

それもその筈で、今度の一件については、消えた流人探しだという事だけで、詳しい中身はまだ誰も何も聞いていなかったのだ。訊くより先に、皆平七郎と一緒に仕事をしたいという心意気で集まったのだ。とはいえ、

——どんな探索を手伝えというのか……。

一同は、話をまだ聞かないうちから緊張した面持ちで、平七郎の説明を待った。

「膝を楽にして聞いてくれ。ただし、最初に断っておくが、この話は、ある方から個

人的に頼まれたものだ。だから命令されたわけではない。探索するか否かの決断は俺が決めたのだ。つまり、これは町奉行所の探索ではない。むろん、探索に必要な費用は十分預かっているのだが、危険は当然あるだろう。だから俺の話を聞いたのちに、そんな話は手伝いたくないと思ったら遠慮なく下りてくれ」

平七郎は、皆の顔を見廻した。

秀太以下皆は、しっかりと頷いた。

「ではどういう探索なのか、ざっと話そう」

平七郎は、鹿之助という流人が浦賀の海岸に打ち上げられ治療を受けていたが逃亡して行方知れずになったいきさつをざっと説明し、

「俺がやろうとしているのは、逃亡者、流人鹿之助の居所を突き止めることだ。南町奉行所、浦賀の奉行所よりも一足早く、しかも秘密裏に、鹿之助の身柄を確保することだ」

もう一度皆の顔を順々に眺めた。

「平さん、二つほど質問させてください。ひとつは、なぜ鹿之助が島送りになったのか、詳しく説明してくれませんか。そして二つ目ですが、なぜこの探索を平さん自身がやる決断をしたのかということです」

質問したのは秀太だった。

「分かった、一つ目については、これから吟味記録にあったことを説明しよう。二つ目については、まず依頼人の名は明かせないのだが、その依頼人が鹿之助にひと目会ってやりたいとおっしゃっているのだ。その方は昔仲介して赤子を養子に出したことがあるらしいのだが、鹿之助がその時の赤子ではなかったかと心を痛めておられてな。もしそうであるならば、この世のなごりに鹿之助に会ってやりたい、会って既《すで》に亡くなった父親の事も話してやりたいとおっしゃってな。俺はその話を聞いて決心したのだ。同心としては掟《おきて》破りかもしれぬが、俺はこの探索を断ることができなかった。そういう事だ。先にも言ったように俺を信じて、というほか説明のしようがないのだ」

「…………」

秀太は口を曲げて天井を見た。秀太の沈黙が部屋の空気を重たくした。

源治が俄かに口を開いた。

「秀太の旦那、平七郎の旦那が今まで間違ったことをしたかい……あっしは信用するぜ。それよりもあっしは、こうしてお手伝いできるのを誇りに思ってるんだ。だからあっしは、喜んでお手伝いさせていただきやすぜ」

「あっしも同じ気持ちだ。久々に胸が躍《おど》る」

顔を紅潮させて言ったのは鉄蔵だった。

「俺もやる。ここで下りたら、おこうさんに叱《しか》られるよ。いや、親父にもな、意気地《いくじ》のねえ奴だとののしられる」

辰吉も口を揃《そろ》えた。

「なんだよ、みんな……俺は皆の気持ちを代弁して……分かってるよ、俺だって信用してるよ、だからこうしてやって来たんじゃないか」

秀太が弁解がましい口調で言った。

秀太は別に平七郎の説明に不満を持った訳ではなかった、鹿之助のことを依頼してきた人物の見当はついているが、平七郎とその人物とのゆるぎない絆に羨望の念をいだいたのだ。

秀太のあわてぶりに皆、くすくすと笑った。部屋は一瞬にして空気が変わった。いや、却《かえ》って皆の心を一つにした。

やってやるぞという気持ちの漲《みなぎ》った目で、平七郎の言葉を待った。

「吟味書によれば……」

平七郎は、鹿之助がかかわった事件の概要を説明した。

その事件とは、三月一日の、節句を目前にした春の日の夜に起こった。

場所は、西堀留川《にしほりどめがわ》沿いの小舟《こぶな》町《ちよう》二丁目。雑穀問屋『高梨屋《たかなし》』に押し入った賊《ぞく》が、主夫婦や奉公人八名を匕首《あいくち》で脅《おど》して縛《しば》り上げ、三百両もの大金を奪ったというものだった。

賊に抵抗した手代一人が大怪我《おおけが》を負ったが他に怪我人はいなかった。

押し込みに入る店の規模、特に奉公人が十人以下の店を選《よ》りすぐって襲い、店の中にいた者全員を一部屋に集めて後ろ手に縛りあげるという手口から、賊は近年巷《ちまた》を騒がせている『銀《ぎん》ねずみ一家』だと目された。

実際後ろ手に縛られた店の者たちの中には、押し入った男たちを差配《さはい》していた初老の銀髪《ぎんぱつ》を実見していた。銀髪の男が頭の盗賊一味、それを町奉行所では、銀ねずみ一家と称していた。

当月当番だった南町奉行所は、押し込みの知らせを受けて直ぐに定町廻り総がかりで探索を始めたが、杳《よう》として銀ねずみ一家の行方は分からなかった。

ところが、店の表で見張りに立っていた男に見覚えがあると届け出た者がいた。町の駕籠《かご》屋だった。

「あの人は通塩町《とおりしおちょう》の『佐原屋』の旦那にそっくりだった。おいらは何度もあの旦那は乗せたことがあるんだ、間違いねえ」

そう訴えたのだ。

駕籠屋が言った佐原屋の旦那とは、鹿之助のことだったのだ。

佐原屋は歴《れっき》とした呉服太物《ふともの》を商《あきな》う店だ。そこの主がなぜ銀ねずみに手を貸したのか……南町奉行所の定町廻りは首を傾げたが、念のためにと鹿之助を看視して追い、やがて富沢町《とみざわちょう》にある古い仕舞屋《しもた》に入ったのを見て、賊がたむろしていたのを発見した。

間髪容れず賊の住処《すみか》を急襲した南町奉行所は、銀ねずみ以下五人の賊どもを捕縛した。その五人の中に鹿之助がいたのだった。

十両盗めば死罪と決まっている。

御定法どおり、一味は吟味の末に、頭の銀蔵《ぎんぞう》、手下の安之助《やすのすけ》、民蔵《たみぞう》、勝吉《かつきち》は死罪となった。だが、鹿之助だけは遠島となった。

頭の銀蔵が、鹿之助は初めて見張りとして加わったこと、それも脅して一味に加えた事情もあり、直接押し込みに手を貸していないこと、また、奪った金も鹿之助の手にまだ一文も渡ってないことなども自供したため、他の者と違う軽い刑になったのだった。

鹿之助も同じことを供述していた。

博打場で安之助と知り合いになり、手持ちの金がなくなった時に金を借りた。初めに借りたのは三両だったが、そういう事が何度か続いて、三十両になったところで一括返済を求められた。

鹿之助は、金の一括返済はできない事を告げた。店が左前だったからだ。すると、それなら利子の代わりに、こちらの仕事を手伝って貰う、と安之助に脅されて、仕方なく見張りをひき受けたのだと告白したようだ。

しかし、罪は罪だ。南町奉行所は、一等を減じて遠島と裁断したのだった。

ただ、一味の中に円蔵《えんぞう》という男がいたことが皆の調べで分かった。

円蔵は分け前のことで銀蔵に反発し、町方が隠れ家に踏み込んだ時、そこにはいなかったのだ。

南町奉行所は銀蔵から、金は一味が巣食っていた古い仕舞屋の床下にあると聞き、すぐに探索したのだが、銀蔵が証言した床下にはもう金は無かった。

円蔵が金を持って逃げたに違いなかった。円蔵の行方は、いまもって分かっていない。

まもなく銀蔵たちは処刑された。そして鹿之助は八丈島《はちじようじま》送りと決まり、流人部屋で船出の日を待って流人船に乗せられたが、船が遭難して浦賀の海岸に打ち上げられたのだ。

「これまでの話は、そういう事だ」

平七郎は一通り話し終えると、皆の顔を見廻した。一呼吸おいて付け加えた。

「この先の話は、この二日ほどの間に調べてみたことだが……」

平七郎は榊原奉行から依頼を受けた翌日に、鹿之助が営んでいた通塩町の佐原屋に向かった。

佐原屋は、青竹が十文字に打ち付けられて、鹿之助が犯罪に手を染めたことを、これみよがしに通行人や近隣の者たちに示していた。

町奉行所の同心である平七郎でさえ、あまり見たくない光景だった。

まして、榊原奉行と鹿之助の古いつながりを聞いたところでは、鹿之助を見る目が最初から違っている。どこかで同情する気持ちが動いているから、青竹の十文字はなおさら胸に迫る。

残暑に照らされ、風に舞う土埃《つちぼこり》に無防備にさらされている店の軒を、平七郎はしばらく眺めた。

踵を返そうとしたその時、

「馬鹿なことをしたもんです」

平七郎の後ろで言った者がいた。

振り返ると、通い帳をぶらさげた男が立っていた。

「私は隣の古道具屋の者ですがね」

男は、佐原屋の隣の店を指した。『大黒屋《だいこくや》』とある。出先から帰ってきたところのようだった。

「女に狂って何もかも無くしてしまうなんて……」

男は言ってから、いけない、と口を押さえて肩をすくめたが、

「何、女がいたのか。すまぬが、あんたが知っていることを、話してくれぬか」

平七郎が頼むと、男はちょっと考えたのち、

「分かりました。鹿之助さんも流人船の船が壊れて亡くなったっていうことですから、あとで叱られることはないでしょう」

男は友次郎《ともじろう》と名乗り、自分の店に平七郎を招いた。

大黒屋の店の中には誰もお客はいなかった。小僧にお茶を運ばせると、友次郎は町奉行所の記録にはなかった話をしてくれたのだった。

大黒屋友次郎の話によれば、鹿之助はもともと佐原屋の奉公人だったという。

ところが、前の佐原屋が下総の田舎《いなか》に引っ込むと、鹿之助が新しい主になっていた。

「親父が金を出してくれてね」

鹿之助はそんな事を友次郎に話したことがあるという。

ところが、鹿之助の経営はうまくなかったようだ。噂で店が危ないと聞いたのは昨年のこと、

「田舎にいたころに好いた女がいたんだが、その女がこの江戸で囲い者になってるって分かったんだ。店が左前じゃなきゃ助けてやれるんだが……」

鹿之助はそんな事を友次郎に言ったのだ。

友次郎は、何を馬鹿なことを言ってるんだ、店の立て直しが先だろと内心あきれていたが、今になって考えると、盗賊の手先にまでなってしまった背景には、その女の存在があったんじゃないか、そう考えると、同じ男として気の毒な気もするんだと平七郎に言ったのだった。

「それが、新しい鹿之助の情報だ」

話し終えた平七郎は、じっと聞いている皆の顔を見た。

「平七郎さま、その女、どこに住んでいるのか分かっているんですね」

鉄蔵が細い目を光らせて言った。

髪結いの亭主だと紹介された鉄蔵だが、なかなかどうして、秀太の目には現役の岡っ引に見えた。

平七郎は、鉄蔵の問いに、分かっている、と頷くと、

「友次郎の話では、女は、三谷橋《さんやばし》北袂の仕舞屋で暮らしているらしい。名は、おちさかおきみか、はっきり覚えていないらしいが、そこまで分かれば御の字だ」

「分かった。平さん、その女を張り込むつもりなんですね」

秀太がやる気満々の顔で言った。

「そうだ、鹿之助が浦賀の漁師の家から姿を消してから、もう十日近くになる。今はどこかに潜んでいるのだろうが、きっと女のところに会いに行くんじゃないかと考えている。だから昼夜を通して、女を張り込むつもりだ。むろん調べなきゃならん事も出てくるだろう。そうなると人手がいる。しかも非番のうちに決着をつけなければならぬ。それでこうしてみんなに集まってもらったのだ。よろしく頼む」

平七郎の言葉に、一同は頼もしい顔で深く頷いた。

三

翌日から平七郎たちは、仕舞屋に住む囲い者のおちさかおきみか、そういう名の女を探して三谷橋近辺を当たった。

三谷橋というのは、隅田川に流れ込む幅六間（一〇メートル八〇センチ）の山谷堀《さんや》に架《か》かる橋で、聖天町《しょうでんちょう》から新鳥越町《しんとりごえちょう》一丁目に渡す橋だ。

長さが七間、幅は二間の板橋で、新鳥越町はこの橋の北袂から北に向かって一丁目、二丁目と、四丁目まで伸びている。

そしてこの堀の堤《つつみ》の道は吉原《よしわら》へと伸びていて、遊興《ゆうきょう》に金を惜しまない人たちが往来する場所柄からか、近くには有名な料理屋がある。

新鳥越町一丁目には、茶漬けの代金として金一両二分もとったという、かの有名な八百善《やおぜん》があり、二丁目にはこれまた高級料理で八百善に名を連ねる八百半《やおはん》がある。

いずれも同心風情《ふぜい》が上がれる店ではないが、そんな高級な料理屋とは別に、新鳥越町を北に抜ける大通りには、御府内の外れとは思えないほどの、飲み屋や飯屋などが軒《のき》を連ねている。

ただし、大通りから外れると、東は寺地が続き、西側は田畑が広がり、大通りとの風情の差は大きかった。

家屋が密集している場所は限られていて、囲い者の女の住む仕舞屋は、意外に早く見つかった。

見つけて来たのは鉄蔵だった。

平七郎たちは、三谷橋の南袂にある蕎麦屋《そば》で昼食を摂《と》りながら、鉄蔵の帰りを待っていたのだが、そこに顔を紅潮させた鉄蔵が入って来たのだ。

「さすがにてっつぁんだ」

源治が褒《ほ》めた。

辰吉がそれを聞いて口をとんがらせる。まだ始まったばかりじゃねえか、源さんは褒めすぎだよ、そんな顔をしている。

「よし、てっつぁん、急いで蕎麦を食ってくれ。それから検分だ」

鉄蔵が蕎麦を掻《か》き込むのを待って、平七郎たちは三谷橋の南側から、女の家を眺めた。

女の家は、橋の北袂西側の、堀に面した二階家だった。

玄関は西向き、つまり新鳥越町の大通りに向いているが、家の側面が堀端に沿ってある。女が住む仕舞屋は、堀端の際に建った大通りに向いた家だった。

堀の水は、残暑の光を跳ね返しながら、静かに流れていた。

その堀を挟んで立った平七郎に、鉄蔵は女の家を臨みながら言った。

「女は、おちさというらしいです。旦那というのは六十前後の爺《じい》さんで、時々通ってきているようです。飯炊きの婆《ばあ》さんが住み込んでいますが、近所では、旦那の代わりに見張りを置いてるんだ、なんて言ってやしたね」

「ふむ……」

平七郎は、橋の上をこっちにむかってやって来る、旅姿の町人の男連れを、ちらと見て頷いた。

こちらからも、町の若い連中が三人、橋を渡って行く。橋の向こうにある飲み屋か料理屋に行くのだろうが、その一人が不審な目で平七郎一行をちらと見て渡って行った。

「てっつぁん、あの斜め向かい側の家は空き家か」

平七郎は、橋を渡ってすぐの、大通りに面した右側を指して言った。そこには飲み屋が見えるが、その向こうの店は戸が閉まっていた。

「こんなに大勢でここに立ってたら不思議がられる。見張る場所を確保しなければな」

「はい、あの二階家ですね、おっしゃる通りです。空き家です」

「よし、秀太、てっつぁんと大家に談判に行ってきてくれ」

平七郎の言葉を待っていたように、秀太は意気込んで鉄蔵と出かけて行った。

「辰吉、お前は寝泊りに必要な鍋釜、茶碗などを源さんに手伝って貰ってここに運んできてくれ」

「承知しやした」

辰吉も張り切って源治の船で出かけて行った。

その日のうちに空き家を借りて所帯道具も運び込んだ。

「源さん、源さんの船は、橋袂に繋《つな》いで何時でも出られるようにしておいてくれ。それから張り込みは二階でやる。手を抜かずに二階も掃除をしてくれ」

空き家はしばらく使っていなかったのかほこりや汚れがひどく、平七郎も腕をまくり、着物をはしょって自ら掃除をしながら指示を出す。

あらかた掃除が終わったところに、ふらりと仙太郎が顔を出した。

「やってますね」

にやにや笑って、家の中を見渡している。仙太郎は相変わらず、汚い集金袋を持っていた。

「どうしてここに……」

辰吉が怪訝な顔で言った。

「何言ってるんですか。お米だ、味噌だと一文字屋に帰って来て大騒ぎしてたじゃないですか。私もあの時、お店にいたんですよ」

あっと辰吉は口を押さえた。

「ぴんときたんです。これは立花の旦那のお手伝いなんだな、捕り物なんだなって……そう思ったら、私も少しお手伝いしたくなったんです……そうだ、丁度いいや」

しゃべりながら店の中をぐるりと見渡していた仙太郎は、

「ここを絵草紙屋にすればいい。私が持ってきてあげますから、なあに、絵草紙は売れても売れなくてもいいんですから、店の形ができれば怪しまれることはありませんからね」

なんとも図々しい。というより、その顔は本気らしい。

「いいですよ、あなたになんか協力してもらわなくても、それより邪魔しないで下さい」

秀太が憮然《ぶぜん》として言った。その目は、辰吉を睨《にら》んでいる。

「大げさな。私が言っているのは、絵草紙屋に仕立てなさい、そのお手伝いはしますと言ってるんです。だからと言って私自身がここに来て立花の旦那の手下をやる、なんて話じゃないんですよ。捕り物なんでしょ、やろうとしていることは……私にそんなお手伝いは出来ません、自分の商売上がったりになりますからね、私が言ってるのは、絵草紙を利用したらいかがですかと」

仙太郎は、白い歯を見せて笑った。

言い負かされて、ぶつぶつ言う秀太に、平七郎が言った。

「いい案じゃないか、やってみよう」

「平さん」

秀太は不満の顔だ。だが、

「さすがは黒鷹と呼ばれたお人だ。それじゃあ、品物は店の者に持たせますから、私はこれで」

仙太郎は、機嫌の良い顔で帰って行った。

空き家だった店は、見事な絵草紙屋に変身した。

店は辰吉が営んでいることにして、女の家の張り込みは二階から常時することになった。

平七郎、秀太、鉄蔵が交代で窓から見張り、源治はいざという時のために船がいつでも使えるように待機することになった。

「しかし、まだ張り込んで二日目とはいえ、あの家には誰の出入りもありやせんね」

鉄蔵が外を見下ろしながら言った。

女の住む仕舞屋の隣は小間物屋だが、旅に必要な笠や草鞋《わらじ》なども店先に吊《つ》るしてあって、時々人の立ち寄るのが見えるのだが、女の家の前に立つ者は一人もいなかった。

戸を閉め切った女の家の戸口には、日の影が長く伸びていて、それがかえって閑散《かんさん》とした雰囲気を醸《かも》し出している。

「おっと、辰さんが出てきましたね」

自分の肩越しに外に視線を投げている平七郎と秀太に鉄蔵が言った。

辰吉は、女の家に引っ越しの挨拶《あいさつ》に行ったのだ。

その辰吉が、飯炊き婆さんに、ぺこぺこ頭を下げて出て来た。

辰吉は戻って来ると、すぐに二階に駆け上がって来て舌打ちした。

「まったく、あの婆さんには参ったよ。役者絵を挨拶代わりに欲しいなんて言って、とうとうふんだくられちまいましたよ」

辰吉の手には、数枚の絵草紙がある。怪しまれないために持って行ったものだ。

「辰吉、いずれ絵草紙は返すんだ。婆さんにあげた分は、お前が身銭を切るんだな」

秀太が笑いながら言った。

「ああ、大損だ。あんなボンボンの思いつきを取り入れるから、こんなことになるんだ」

「いや、絵草紙のおかげで、家の中まで入って挨拶できたんだ。辰吉、お前、女の顔は見てきたんだろ？」

平七郎が訊いた。

「それが……」

辰吉は横に首を振った。

「なんだ、なんのために、家の中を覗《のぞ》きに行ったんだよ」

秀太は舌打ちした。

辰吉は口をとんがらした。

「まあいい、こちらを信用させればそれでいいんだ。そのうちにおちさも外に出てくるだろう」

平七郎が助け船を出したその時、

「はい、みなさん、お待ちどおさまでした。夕餉《ゆうげ》の支度《したく》ができました」

大きな盆の上に握り飯を積み上げて、又平が二階に上がって来た。

「おにぎりか……昨日の夕食も、そうだったよな。今朝は茶漬け、昼は大福、そしてまたおにぎり……」

不満を漏《も》らすのは秀太である。

「今、お味噌汁と漬物を持って参りますから……」

又平は言って階下に下りた。

「おにぎりがありゃあ十分だ。あっしの若い時なんざ、食うや食わずの日傭取《ひようとり》やってましたからね。食い物に文句言ったら罰《ばち》が当たりやす」

源治の言葉に、秀太は恨《うら》めしそうな視線を送ったが、すぐに辰吉や鉄蔵と競争するように、握り飯を口に運んだ。

「来た、旦那がやって来たぞ」

窓から女の家を見張っていた平七郎が言った。

女の家の前に町駕籠が来て止まった。町駕籠から白髪頭の男が降りて来た。いかにも大店《おおだな》の隠居といった感じの男だ。

駕籠屋にひとこと、ふたこと言い、財布から駕籠賃を払っている。

平七郎の後ろから覗いていた鉄蔵に、平七郎が頷いた。

「駕籠屋ですね」

鉄蔵はそういうと階下に走って下りて行った。

駕籠屋が引き返す。そのあとを、さりげなく尾《つ》ける鉄蔵が見えた。

白髪頭の男は、いったん家の中に足を入れたが、ちらりとこっちの店先に視線を投げたと思ったら、家の中に入らずに、おや、こんな店が出来たのかといった顔でこっちにやって来る。

「いけねえ」

辰吉が、慌てて階下に下りて行った。

「いらっしゃいませ」

辰吉の声が、二階にまで聞こえてくる。二階にいる平七郎たちは耳を澄ませた。

「…………」

白髪頭の男の声は聞き取れない。

「春画《しゅんが》、ですか」

辰吉の驚いた声が響いた。

「………」

白髪頭の声は聞こえないが、

「承知しました」

辰吉の声は聞こえた。

白髪頭は店を出たようだ。皆慌てて窓辺に寄った。白髪頭の男が道を渡って女の家に歩いていくのが見えた。

「参ったよ、春画があれば欲しいんだとよ。入ったら持ってきてくれってさ。まったくあの爺さん、よく言うよな」

早速二階に上がってきて辰吉が報告した。

四

張り込みは三日目に入っていたが、女に動きは無かった。

白髪頭は今朝早く帰って行ったが、女は表に見送りにも出てこなかった。

ただ、白髪頭の男は、日本橋にある蠟燭《ろうそく》問屋『武蔵《むさし》屋』の隠居で、儀兵衛《ぎへえ》というのは分かっていた。

それは昨日、儀兵衛を女の家まで乗せて来た駕籠かきに鉄蔵が聞いているし、今朝帰っていく白髪頭を尾けた秀太も、儀兵衛が武蔵屋に入るのを見届けている。

しかも秀太は、武蔵屋の手代から、囲い者にしたおちさは、深川の料理屋『万代《ばんだい》屋』で仲居をしていた女だと聞き出していた。

ただし万代屋は、ただの料理屋ではなかった。金をはずめば春を買うことの出来る店で、深川に育ち、父親が材木問屋を営む秀太は、万代屋と聞いただけで、おちさがどういうところにいた女だったのか分かったのだった。

そこで平七郎は、見張りを秀太と鉄蔵に頼んで、自分は源治の猪牙船で深川に向かった。

天気は良かった。隅田川の水は青く、清々《すがすが》しい。

今戸《いまど》の橋から隅田川に船が滑《すべ》り出たその時、赤とんぼが二匹、平七郎が乗る船を追っかけて来て縦横《じゅうおう》に飛び回っていたが、いつのまにか姿を消した。

源治は船を漕《こ》ぎながら言った。

「平七郎さま、懐かしいですね」

軽やかな櫓《ろ》の音と、舳《みよし》が水をかき分ける音を源治の船で聞くのは久しぶりだ。

平七郎は、白い水しぶきに目をやりながら言った。

「源さんの腕は、少しもかわらんな」

「いえいえ、歳を取りましたからね。ですがもう一度、平七郎さまが定町廻りに戻られて、こうして常にお傍《そば》にいられるようにと願っておりやす」

源治は、今このひとときが得られたことを喜んでいる。荷の重い探索だが、源治にそう言って貰えるのは有難い。

夏の終わりの白い日差しを受けながら、まもなく平七郎の乗った船は、深川の伊勢崎町の岸に付けた。

料理屋の万代屋はすぐに分かった。軒行燈《のきあんどん》が出ていて、中年の商人が二人、話しながら入って行った。

「じゃあ、平七郎さま、あっしはここでお待ちしておりますから」

源治に送られて、平七郎は万代屋に入って行った。

万代屋の女将《おかみ》は、同心姿の平七郎に、

「少し訊きたいことがあるのだが……」

などと切り出されて、慌てて店の奥に平七郎を招いた。

「なんのお話でございますか」

女将は茶を勧めて言った。その目の色には、不審と不安が渦巻いている。

「こちらは料理屋だな」

「はい、ご覧の通りの料理屋です」

「ふむ、ところが妙な噂もある。金を出せば女を抱かせるという」

女将は突然弾けるように笑い出した。平七郎は笑いが止むのを待った。

「誰ですかね、そんなでたらめな事をいう人は」

「調べれば分かることだ」

きらっと女将を睨んだ。

女将は一瞬首をすくめて目をそらした。それを待っていたように、平七郎は続けた。

「何、今日はその話で来たんじゃないのだ。こちらにおちさという女がいたな。日本橋の蠟燭問屋の隠居の妾《めかけ》になっている女だ」

「おちさが何か……」

「おちさは下総の佐原の女と聞いている。なぜこの店で働くようになったのか、女将が知っていることを話してくれんか」

「…………」

「他言はせぬ。話してくれたら、他の事柄については知らぬこととしよう」

「分かりました」

女将は大きく頷くと、ひと膝平七郎に寄せて口を開いた。

「おちさは確かに佐原の出です。こちらにやって来たのは五年前でした。江戸と下総を行き来して商いをしている重次郎《しげじろう》さんていう人がいるんですがね。その人が連れてきたんですよ」

「うむ……」

平七郎は頷いた。

女将の話では、重次郎という人は人の良い人間で、これまでにもいろいろと人の仲介をしてきている。商いだけではなくて、人と人との仲介や世話、例えば下総の人間で江戸に良い医者を求めていると聞けば、手を尽くして探し、紹介してやるといったことまで親身になってやっている。

だから下総の人たちにも江戸の人たちにも、重次郎は信用されているのであった。

万代屋は、これまでにも、重次郎には何人も世話して貰っていた。

ただこの時重次郎は、おちさの奉公については、金十両を出してやってくれないかと女将に言ったのだ。

「おちささんには事情があってね、ただこれは、女将さんには話せないことなんだが、金十両の前借りができたら、その金をある人に慰撫料《いぶりょう》として渡したい、そういう気持ちがあってね。どうだろうか、私の話を聞いてはもらえませんか」

重次郎は、俯《うつむ》いて自分の側で座っているおちさを、ちらと見て言った。

「重次郎さん、ややこしい話じゃないでしょうね」

女将は、二の足を踏んでいた。

重次郎が連れて来た人だ。間違いはないだろうと思うものの、おちさの身なりはあまりにも哀れだ。髪の毛も着物もほこりまみれで、重次郎がどこかで拾ってきたんじゃないかと疑う程だったのだ。

「大丈夫ですよ、この人は……私もずいぶん前から知っている人です。ややこしいもめごとをおこすような人ではありません。万が一、何かありましたら、私が責任を持ちましょう」

重次郎は自信ありげに言った。しかもこう付け加えた。

「おちささんは字も読めるし書ける。算盤《そろばん》も出来る。仕立物も出来るし、きっと重宝しますぜ女将さん」

そう重次郎に念押しされて、女将は改めておちさを見た。

なるほどおちさは顔だちもいい。少し話しかけてみると、言葉にも態度にも卑《いや》しいところがない。

「分かりました。うちで奉公してもらいましょう」

女将は言った。

丁度仲居が足りない時で困っていた。

女将は、おちさに多少の不安は感じながらも、奉公人に加えたのだった。

果たして、重次郎の言った通り、おちさは良く働いた。

奉公が決まった日に重次郎に十両と、女将がおちさに揃えてやった着物やその他、当座の暮らしに必要な物に五両の金が掛かり、それはおちさの借金となったのだが、おちさはそんなことは苦にしてないのか、日ごとに明るくなっていった。

そうして二年が過ぎたころ、蠟燭問屋の隠居で儀兵衛という人の目に留まったのだ。

借金がほとんどそのまま残っていたおちさは、儀兵衛に身請けの形で請けだされて囲い者となったのだった。

「そういう事ですよ、旦那……」

女将は、話し終えると一服つけた。長い煙管《きせる》でうまそうに煙草《たばこ》を吸いながら、

「あたしが知っているのは、それぐらいですかね」

じろりと平七郎に目をやったが、煙管の灰を長火鉢に打ち付けた時、ふっと思い出したように平七郎の顔を見た。

「ちょっと待って下さい。今思い出しました。いつだったか、仲居の一人が、おちささんは亭主持ちだったらしいですよ、なんて言っていましたね」

「亭主持ち……まさか、亭主の名が鹿之助というのではないだろうな」

平七郎は期待して訊いた。だが、

「さあそれは……」

女将は首を傾げたのちに、

「聞いてないですね、亭主の名前までは……ただね、亭主は死んでもういない、私が殺したようなものだと、そんなことも言っていたらしいですよ」

「……………！」

平七郎は内心驚いていた。予期せぬ話だったからだ。

「もっとも、あたしがその話を聞いたのは、蠟燭問屋の御隠居の囲い者になったあとのことですからね」

「もう一度訊くが、鹿之助という男の名は聞かなかったんだな」

「旦那、今言ったじゃありませんか。あの子は、おちさは自分の昔を話したがらない人でしたからね。そんな時には、こちらも強《し》いて問いただすようなことはしませんのさ」

　女将は、苦笑してみせた。


「何、鹿之助らしい者を見たというのか」

　張り込みの家に帰って来た平七郎は、秀太の報告に驚いて訊き返した。

　平七郎が深川に行っている間に、三谷橋の南袂から、おちさの家をじっと見つめている男がいたというのだ。

　その男に気付いたのは、辰吉だった。

　辰吉は店の外に出て、時々背伸びをする。売れない絵草紙屋の若い主が客の来ない時間を持て余して、外に出てきてあくびをしている、近所の者はそう思っているのだろうが、辰吉はそうやって辺りを見渡しながら、おちさの家の様子を探るのだった。

　ところが今日は、大きく伸びをして大口を開けてあくびをし、ふっと橋の方に視線を投げた時、不審な男の姿が目に飛び込んできたのだった。

「あんっ」

　鹿之助かもしれないと、声を出すわけにもいかない辰吉は二階を仰いで橋の方を盛んに指したが、二階にいる秀太たちが辰吉に気づく気配がない。

辰吉は慌てて橋の方に向かった。

するとその男は、辰吉のただならない足並に気付いたらしく辰吉が橋の中程に達したその時、慌てて町の中に走って消えてしまったのだ。

それでも辰吉は男がいたところまで走って行ったが、もはや遅かった。

男の姿は、橋の南側の町に紛れ込んでしまっていた。

「すみません、あれは鹿之助だったかもしれません」

辰吉は頭を下げた。

「それで、お前が見た男の人相風体は、どうだった……」

平七郎は訊いた。

「へい、中肉中背《ちゅうにくちゅうぜい》で色の白い男でした。身軽な男で、逃げ足も速かったですね。そうだ、着物の色は、茶の地色に、黒い縞《しま》だったと思いやす」

「分かった、そこまで観察しているのなら上等だ」

平七郎は褒めてやった。

辰吉は、嬉しそうな顔をして、もう一度、すみませんと言った。その時だった。

店の前を、女の影がふっと横切った。

同時に二階から、足音を立てて秀太と鉄蔵が降りて来た。

「平さん、おちさですよ。尾けてみます。鹿之助が現れるかもしれません」

秀太は早口に告げると、鉄蔵と飛び出して行った。

源治は、提《さ》げてきた風呂敷包を、ひょいと上げて苦笑いをした。

風呂敷の中には、おふくの心づくしの手料理が入っていた。

「いいかい、店の近くに来た時には必ず寄って下さいな。男ばっかじゃどうせろくなものは食べられないんだから」

源治はおふくにそう言われていたから、平七郎が女将に聞き込みをしている間に、おふくの店に顔をだし、料理を受け取ってきたのだった。風呂敷の中には、おふくの熱意が籠《こも》っている。

「何、あの二人も腹を空かせて帰って来る、それまで待って皆と一緒にいただこう」

平七郎は言い、二人が追っかけて行った三谷橋の方を見遣った。

秀太と鉄蔵は、平七郎の見送りを背中に感じながら、見廻りの同心と手下よろしく、何食わぬ顔でおちさの後を追った。

おちさは風呂敷包を抱えていた。

あまりに不意の外出で、人相を確めるひまはなかったが、おちさは、むっちりとした腰をしていた。太っているというのではないが、男好きのする腰だなと、秀太は思った。いや、そう感じていたのは鉄蔵も同じだった。

なにしろ旦那は日本橋の蠟燭問屋の隠居ときている。暮らしの手当は十分にしているだろうし、なにしろおちさが着ているものが上物なのは離れていても分かった。

町人だから光を抑えた絹《きぬ》のようだが、色も柄も高級感のあるものだった。

おちさは、浅草の山之宿町《やまのしゆくまち》に出ると、更に南下して花川戸町《はなかわどまち》から西に入り、浅草寺《せんそうじ》を右手に見て、東仲町《ひがしなかちよう》で足を止めた。

そして――組み紐いろいろ――と箱看板を置いてある『菱屋《ひし》』という店に入って行った。

秀太と鉄蔵は店の表をさりげなく行ったり来たりしながら待った。浅草寺にやって来る参拝客にも目を光らせながら、菱屋の表にも目を配る。

「まさか店の中で鹿之助と会ってるんじゃああるまいな」

秀太が呟《つぶや》いたその時、おちさが店から出て来た。おちさの腕に抱えていた風呂敷包は無かった。

「てっつぁん、おちさを頼む」

秀太はおちさの追尾を鉄蔵に任せて、自分は店の中に入って行った。

「これは、お見廻りでございますか」

同心姿の秀太を見て、帳場に座っていた番頭が慌てて立ち上がって出て来た。

「今帰って行ったのは、おちさという人だな」

ちらっと表に視線を投げてから、

「いったい何の用があってこちらに来たのだ、あのおちさは……」

もみ手をしながら座った番頭に訊いた。

「組み紐でございますよ。出来上がった組み紐を、うちで引き取っておりまして……」

平静な口調で番頭は答えた。

「ということは、組み紐の内職をしているのか……」

秀太は、驚いた顔で店に並べられている色とりどりの組み紐を見渡した。

何の不自由なく暮らしているおちさがなぜ、と思った時、番頭が言った。

「田舎の母親に仕送りをしているんですよ。帰りたくても帰れないからって、感心な人です」

五

「おや、早じまいですか」

辰吉が板戸を閉めているのを見て、おちさの家の飯炊き婆さんは言った。婆さんは鍋を抱えていて、その中には豆腐が入っている。

「まあな、たまには遊びに出たいと思ってさ」

辰吉は、片目をつぶって笑った。

「いいねえ、若い衆は……あたしなんか、一生これさね、おさんどんに拭き掃除に、家の中を這《は》いずり回って……急にお豆腐を食べたいなんていわれると、こうして買い物に走らなくちゃならないしさ」

鍋の中の豆腐を見せた。

「婆さん……」

辰吉は、手招きした。

「なんだい、内緒ごとかい」

婆さんは苦笑して体を寄せて来た。とはいえ、若い男に手招きされて、まんざらでもない顔をしている。

「ほら、おちささんていうんだろ、婆さんが世話してるひと……」

「そうだけど、何か……」

まさか懸想したというわけじゃないだろうねといった意地悪な目で辰吉を見た。

「旦那はこの間ここに寄ってくれたから分かってるんだが、もう爺さんだ。他に男がいるんじゃないの、教えてよ」

「まったく、そんな事だろうと思ったよ。いるかもしれないし、いないかもしれないね」

婆さんはいじわるな返事をした。

「婆さん……」

婆さんは店の中にぶらさげてある浮世絵を指した。

「あれ、頂戴」

近頃売り出した松五郎《まつごろう》という役者の役者絵だった。女との道行《みちゆき》の場面で見せる松五郎の顔で、頭から手拭いをかぶり、その一方の端を口にくわえている。黒い髪が頬《ほお》に落ちているのも凄艶《せいえん》な感じがして、男の色気《いろけ》をむんむんさせる構図の役者絵だ。

「頂戴って売り物なんですから、お金頂けるんですね」

「聞きたいんでしょ、おちささんのこと……あんた、ここに引っ越してきた時から、おちささんに気があるんでしょ。ふっふっ、分からないことはないわ、だって、色は白いし、肌は輝くようにきれいだし……」

ちらと辰吉を見て、

「まっ、あんたには無理だね、相手になんかしてくれない。でも、話だけでも聞きたいんでしょ、だから、けちけちしないで、さあ」

と、にょきと手を差し出す。

——ちぇ……。

勘違いしやがってと思いながら、辰吉は松五郎の役者絵を婆さんにあげた。

「ありがと」

婆さんは大切そうに懐に折って入れると、

「実はね、でもこれ、誰にも言っちゃあだめだからね。特に御隠居さまの耳に入ったらたいへん、おちささんは叩き出される。恐ろしいほどのやきもち焼きだから御隠居さまは……」

辰吉に顔を近づけると意味ありげな笑いをもらし、次には興味津々に内緒話をする顔で言った。

「いつだったかしら、そうそ、あんたがここにお店を出す半年も前だったけど、あたしがお菜の買い物から帰ってきたときだったよ……」

玄関に入ったところで、見たこともない男と鉢合わせになった。

「あっ！」

婆さんが声を出すと同時に、その男は、あっと言う間に表に走り去ってしまったのだった。

婆さんは慌てておちさの部屋に走った。そしたら、

「おちささんは、ぼうっとしていましたね。あたしに気が付いて、こう言ったんですよ『お花《はな》さん、何も見なかったことにしてくださいね』って……」

婆さんは話し終えると、顔を上げた。

「お花さんて、まさか婆さんの名前……」

まずは驚いてから、辰吉はくすりと笑った。

婆さんは、少しむっとして、

「そうだよ。可愛らしい名前だからおかしいのかい……いっとくけどね、あたしにだって娘時代があったんだから、信じないかもしれないけど、おちささんといい勝負だ」

「わかったわかった、それで、その男の人相風体を覚えているかい」

辰吉は真顔の顔つきで訊いた。

「みすぼらしいなりだったけど、目鼻立ちのいい男だったね。あんたとは大違いだ」

「余計なことを……で、その男は、中肉中背で色の白い男だったんじゃねえのか」

辰吉は、数日前に三谷橋のむこうから、こっちを熱心に見つめていた男の印象を告げてみた。

「いや、違うね。背は高かったね。いい男だったと言っただろ、色白のへなちょこな男じゃないよ」

「そうか、違うか……」

自分が実見したあの男とは別人だったのかと考えていると、

「まっ、あきらめなさいな。あんたは他でいい人見つけなさい。じゃあね、これありがとね」

お花婆さんは、役者絵をしまった胸をぽんと叩くと、下駄《げた》を鳴らして帰って行った。

辰吉は慌てて残りの板戸を閉めると、二階に走りあがった。

「何をしてたんだ、座れ」

二階の座敷に入ると、辰吉は秀太に叱られた。

窓からおちさの家を見張っているのは源治だったが、秀太と鉄蔵は難しい顔をして腕を組んでいる平七郎の前に座っていた。

辰吉は慌てて、今お花婆さんから聞いたばかりの話をみんなにした。

「絵草紙屋を開いたお蔭ですね。その様子では、婆さんはこの先もきっと辰吉さんを頼ってくる。それにしても、その婆さんが言った男ですが誰なのか……鹿之助というのなら、こちらの目論見《もくろみ》どおりということですが」

鉄蔵は言った。すると秀太が、

「さあ、それはどうかな。そういう事ならこっちも楽だが、おちさは島送りの船が難破したことや鹿之助が逃亡していることを知っているのかどうか疑問だ。少しも心の動揺が見えないのだ。私があの組み紐屋から尾けてみた限り、おちさの歩みには迷いがなかった。組み紐屋に内職を届ける以外に何の関心もない、そんな風に見えました。どこにも立ち寄らず、誰とも会わず、まっすぐ家に戻ったんだ。その婆さんの話、捨て置けないとは思うのですが、平さん、どうしますか」

思案の顔の平七郎に訊いた。

「うむ」

平七郎は、考えていた腕を解いた。

「このままここで、じっと待つという手もあるだろうが、ここに鹿之助がやってくるという保証はない。いや、そうだとは信じて張り込んでいるのだが、非番も三分の一を費やしてしまった。ここは、一刻も早く鹿之助の居所を探りたい。待つだけでなく打って出るのだ。そのためには、やはり佐原に出向いて、鹿之助がなぜ犯罪に手を染めたのか、その根を摑みたい。それが分かれば、おちさ一人にこだわることもあるまい。他の手立ても考えられる」

「ちょっと待って下さい。なんですか、今日話があるから店を早く閉めて集まれと言ったのは、そのことだったんですか」

辰吉が目を白黒させて言った。

「そうだ、黙って聞け」

秀太が制した。そして、平さん、と平七郎に話の先を促した。

「明日佐原に向かう。てっつぁんと源さんに一緒に行ってもらう。ここは秀太と辰吉に留守を頼みたい」

「平さん、私も一緒にお供させてください」

辰吉が言った。なぜ自分が留守番なんだという不満が顔に表れている。

「いや、お前にはこの店があるんだ。秀太の命にしたがって、引き続きおちさを見張ってほしいのだ。万が一鹿之助が現れるかもしれん。見張りも油断ができぬ」

「平さん、任せてください。辰吉とぬかりなく見張ります」

不承不承《ふしようぶしよう》の辰吉を尻目に、秀太は力強く言った。

「てっつぁん、明日の朝六ツに出発する。ぬかりのないようにな」

顔を紅潮させて耳を傾けている鉄蔵に言った。

「承知いたしやした」

鉄蔵はすっくと立ち上がって部屋を出て行った。旅支度のために、霊巌橋川《れいがんばしがわ》に架かる亀島橋《かめじまばし》北袂の髪結い床に帰って行った。

平七郎は源治に顔を向けた。

「源さん、源さんには船を頼む。その歳じゃあ行徳《ぎようとく》までは大変だろうが、長渡船《ながとせん》じゃあ時間がかかって仕方がない、一刻を惜しむ旅だ」

「任してくださいやし。長渡船の船頭なんかに、まだ負けてはいませんや」

源治は、まるで若者が戦いに行くような顔をして言った。

最後に平七郎は、秀太と辰吉に向かって、

「三、四日はかかるだろう。へたをすれば往復五日はかかる。けっして油断することのないように頼んだぞ」

念を押してから源治と絵草紙屋を出た。

三谷橋の袂から源治の船で隅田川を下り、呉服橋《ごふくばし》御門内の北町奉行所に立ち寄り、ひそかに内与力の内藤孫十郎に会い、佐原に出張する旨を伝え、滞《とどこお》りなく船の運航や宿泊ができるよう手形他お墨付きを貰ってから帰路についた。

役宅に帰ったのは夜の四ツ頃だった。

久しぶりに自分の家で眠った。だが七ツには起きて旅支度を整え、母の里絵に送られて役宅を出た。

丁度その頃鉄蔵も旅支度を終えて神棚に手を合わせ、供えてあった十手を摑んでいた。

「おまえさん、その十手、旦那から預かったものじゃないだろ、そんなものを持って行ってもいいのかい」

女房のおさだが言った。

鉄蔵が佐原に平七郎と出かけるというので、おさだは昨夜から支度に心を尽くし、今見送ろうとしたところだ。

ところが亭主の鉄蔵が、出かける間際になって神棚に供えてある十手を持参しようと思いついたらしい。だがその十手は、平七郎の手下として働いていた時使っていた十手の模造品だった。

捕り物に携《たずさ》わっていた時のことが余程自慢らしく、時々髪結いにやって来た町内の男たちに見せびらかしているものだが、悲しいかな偽物だった。

そんなものを持参しては、平七郎に叱られるのじゃないかと、おさだは心配したのだった。

「だってあんた、正式に手札を授かってるんじゃないだろ、今回限りの手伝いだって言ってたじゃないか」

「いいんだって、心配はいらねえ、いざという時のためだ。そんな事より、あとを頼んだぜ」

鉄蔵は、鼻息荒く家を出た。

出発は小網町《こあみちょう》三丁目にある行徳河岸。鉄蔵が到着すると、平七郎が源治の船に乗って待っていた。

源治の船の舳先《へさき》には『御用船《ごようぶね》』の旗が靡《なび》いている。

源治の船の横手にある長渡船には、客がもう二十人近く乗り込んでいる。

成田詣《なりたもう》でが多く、『成田山《なりたさん》』と書いた揃いの法被《はっぴ》を着て、わいわいがやがやと姦《かしま》しい。もうなにやらもぐもぐ食べたり飲んだりしている者もいる。

長渡船は朝の六ツから夜の六ツまで半刻おきに双方から六十艘《そう》の船が出ているが、これほど多くの客を船頭一人の腕で運んで行くのだから、運航時間も一刻半（三時間）から三刻（六時間）ほどとまちまちなのも分かる。

天候にも左右されるとはいえ、力が無くては櫓《ろ》は取れない。それもあるのだろうか、今客待ちをしている船頭も屈強の若者のようだった。

いっぽうこちらは船は少々小ぶりだが、乗るのは平七郎と鉄蔵二人、船頭が源治とはいえ船の速さは格段に違うはずだ。

「まだ少し霧が出ていますが出発しましょう」

源治は元気な声でそう告げると、御用船の旗を靡かせて、客船より先に小網町の河岸を出た。

六

船は小名木川《おなぎがわ》を進み、中川《なかがわ》へ出た。

ここにもまだ、白い霧が残っていた。

中川の船番所の者たちが慌てて外に出て来たが、御用船の旗を見て、平七郎たちをねぎらうように頭を下げて見送ってくれた。

この中川を過ぎるとさすがに江戸を後にしたと感じる。

特に霧が晴れた新川《しんかわ》に入ると、すっかり周りの景色が変わっているのに目を奪われる。

川の両岸には緑が茂り、朝の光に一層深い色を見せている。

まずは上陸する先の行徳河岸は江戸から海路三里八丁（一二・六キロメートル）と言われているが、行徳河岸から佐原までの陸路も十五里（五八・五キロメートル）強の道のりだ。

江戸と行徳間の海路をいかに速く移動するか……それが探索にも大いにかかわってくる。

果たして源治は、江戸川《えどがわ》に入るまでの距離を一気に走り抜け、江戸川に入って塩浜《しおはま》の塩焼きの煙を見たのは、小網町の河岸を発《た》ってから一刻と少ししか経っていなかった。

行徳河岸に船をつけた時には、源治はさすがに疲れた顔をしていた。

河岸にある茶店で一服したがこの強行な旅程を果たして持ちこたえられるだろうかと、平七郎は源治の顔を見て心配になった。

成田詣での人たちは、大方の者が、ここから二里八丁（八・七キロメートル）先の船橋《ふなばし》で一泊し、翌日成田まで行くようだが、こっちは成田の先の佐原まで行かねばならない。

だとすると、悠長に船橋などに泊まってはいられない。行けるところまで行って、そこに一泊し、翌日一気に佐原に入るつもりでいる。

「源さん、どうだろうか。この行徳宿で待っていてくれぬか。調べを終えてここに戻れば、また江戸まで急いでもらわねばならない。ここで英気を養って、その時に備えてくれ」

平七郎の言葉に、源治は深く頷いた。

江戸への帰路、その責任を担っている源治にしてみれば、佐原への道中に足手まといになるのはいやだった。

「よし、決まった」

平七郎は宿場の宿で、江戸の役人たちが常用していると聞いている『山城屋《やましろ》』に源治を留め置き、鉄蔵と二人で船橋に向かった。

船橋で二人は昼食を摂った。

鉄蔵も平七郎も弁当を持参していたから、街道筋の茶店で団子とお茶を貰って食事を済ませた。

「この分なら酒々井《しすい》まで行けるな」

平七郎は言った。

「参りやしょう」

鉄蔵も、茶を飲んでる間も惜しいというように頷いた。

高くなった日を仰ぎながら、二人は大和田《おおわだ》の宿を出発して臼井《うすい》に向かった。

その途中で、まだ十三歳か十四歳の少年の馬子《まご》たちに出会った。

二人とも薄汚れた短い股引《ももひき》に、これまた薄汚れた腹掛けをしている。髪は頭のてっぺんあたりでまとめて縄で縛り、草鞋姿で腰に薄汚れてはいるが赤い巾着《きんちゃく》をぶら下げていた。

背の高い馬子と背の低い馬子で、兄弟かと思ったが、そうではなくて、同じ親方の下で仕事を貰っているのだという。

「ねえ、そういう訳だから、お侍さま、お江戸の方だろ、乗っておくれよ、安くしとくよ」

二人はかわるがわる声を掛けながら、しつこく追ってくる。

「駄目だ駄目だ、自分の足で歩くのが一番だ」

平七郎が断っても、

「まだおいら、今日は一人も客を乗せてねえんだ。家に帰ったらおっかあは病の床だし、妹の面倒もみなくちゃならねえ。第一、お客さんがなかったら明日の米を買う金もねえんだ」

背の高い馬子が言ったかと思ったら、もう一人の背の低い馬子も、

「おいらは一人ぼっちさ。おっとうもおっかあも病で亡くなったんだ。一人もお客がとれなかったら、親方に叩かれるんだ、家の中にも入れてもらえねえ」

哀れな話を並べる。

「乗ってやりたいが急ぎの旅だ。さあ、帰るんだ」

鉄蔵が怖い顔をしておっぱらった。

さすがに二人は意気込みをそがれて立ち止まった。恨めしそうな顔で平七郎と鉄蔵を見る。

「分かった、てっつぁん、乗ってやろう」

平七郎は、顔をしかめてかぶりを振る鉄蔵を制して、

「次の駅まで頼む、いくらだ」

二人に駄賃を訊いた。

「ありがとうございやす！　……四百文！」

二人は声をそろえて言い、にっと笑った。客の気を引くのは大人顔負けだが、その笑顔はまだ少年そのものだ。

「そのかわり、いいか、急いでな」

平七郎は二人に念を押して馬上の人となった。

「いやほーい、ほい」

背の高い馬子が、高らかに声を発した。

そして二人で掛け合いながら、朗々とした声で馬子唄が始まった。

いやほーい　ほい
成田参りは　馬で行くよ　ほい
雨が降っても　風が吹いても　馬で行くよ　ほい
青よ　おまえとおいらは　いっしょに行くよ　どこまでも
船橋　大和田　臼井に佐倉《さくら》　成田山はすぐそこだ

いやほーい　ほい

江戸を離れてきたばかりだが、馬子の唄は平七郎と鉄蔵の旅情を誘った。

馬子二人は、歌っては足を速め、また足を緩《ゆる》めると歌い、緩急つけて臼井に向かった。

臼井で馬を下りた平七郎たちは、そこからまた徒歩で酒々井に向かった。

酒々井の宿場に到着したのは六ツを過ぎていた。すっかり暗くなった見附に常夜灯が遅い客を待ってくれている。

平七郎は、宿を『槌屋《つち》』という店に決めて入った。

客引きの女が厚化粧などしていなくて、さっぱりした感じの店で、それが気に入って決めた。

やはり宿の女将も女中たちも、客は心づくしでもてなすといった感じで、まずはほっとした。

食事の膳に梨が載っていて驚いたが、宿の女中の話では、千葉街道沿いで収穫される梨は、近頃では江戸に送られて梨農家はずいぶんと裕福になったという。

なにしろ市川《いちかわ》では、梨畑が十六町歩《ちようぶ》にも広がり、収穫もひと籠六貫入りが日に三千籠も江戸や近辺に出荷される。

それを聞いて、このあたりでも梨を作るところが現れ、こうしてこの季節になると宿でも客に振る舞うのだと言った。

物見遊山の旅ならば、きっと梨を買い求めて帰るに違いないが、重大なお調べの旅である。

宿屋が食膳につけてくれた酒も、

「お預けだな、てっつぁん」

平七郎は苦笑してやり過ごした。

「旦那、きっと帰ってから美味《うま》い酒を頂きやしょう」

鉄蔵は笑って箸を取った。


目的の佐原に着いたのは、翌日の昼頃だった。

佐原の中心を流れる幅五間余の小野川《おのがわ》には、あふれんばかりの荷を積み込んだ荷船が行き交い、河岸には多くの人足が俵や籠詰めの荷物を上げ下ろししている。

「江戸の河岸に負けない賑わいですね」

鉄蔵が言った。

「この佐原を拠点にして、物資が江戸に運ばれる。またここに江戸からも荷が集積されて陸奥《みちのく》に送られるのだ。想像以上の賑わいだな」

平七郎も感心して川沿いの活気にあふれた喧噪《けんそう》に目をやったが、白壁の酒蔵が連なる前で、帳面を片手に人足に指図している番頭風の中年男に歩み寄って訊いた。

「佐原の長で、三郷という人の家は何処《どこ》か教えてくれぬか」

「三郷さんというと、三郷孫左衛門《まござえもん》さんのことですね。三郷さんは大地主です。この小野川から東に半里ほど行ったところに御屋敷があるんですが、今の孫左衛門さんは先代の娘婿さんです」

という。

「何、娘婿……幾《いく》つぐらいの人だね」

「まだ三十にもなってないと思います。先代は江戸から迎えたご養子に譲るつもりだったんでしょうが、いろいろあって、そうもいかなくなったようですからね」

「その養子というのは、鹿之助のことじゃないのか」

平七郎が鹿之助の名を出すと、番頭はあっという顔をして、

「私が知っているのは、そんなところです」

関わり合いになりたくない、そんな表情に見えた。

ただ、三郷という長がいる土地は、旗本村岡彦四郎《むらおかひこしろう》の知行地で、このあたりでも穀倉地帯、三郷家は佐原では五指に入る豪農の家だと教えてくれた。

平七郎と鉄蔵は、小野川沿いにある奈良《なら》茶漬け屋で昼の食事を摂り、三郷家に向かった。

佐原の町を抜けて広い農道を東に向かったが、両脇には稲が実り、それがずっと続いているのを見ると、ここが豊かな土地だということが良く分かった。

しばらく歩くと、突然どんと大きな屋敷が見えて来た。白壁をめぐらした長屋門が威風堂々《いふうどうどう》と見える。

ざっと見渡したところ、一千坪はあろうかという屋敷である。

門前でおとないを入れると、若い男が出て来た。

江戸の北町奉行所の者だと名乗り、主に会いたいと告げると、若い男は慌てて奥に駆け込んだ。

だがすぐに引き返して来ると、表玄関に案内した。この表玄関に至る通路には御影《みかげ》石《いし》が敷き詰められていて、ずいぶんと長かった。緑は深く風が木の葉を鳴らしている。鳥の声も木の上で聞こえた。

平七郎などには、滅多にお目にかかれない別世界である。

――こんな立派な家で鹿之助は育ったのか……。

そんな男が遠島になったとは……まだ会ったこともない鹿之助の不運と哀れが、ちらと胸の中を走り抜けた。

そして三郷家の玄関は、なんと入母屋造《いりもやづく》りの格式ある玄関だった。

平静を装ってはいるが、家の立派さに圧倒されながら玄関に立つと、主の孫左衛門が出迎えてくれ、平七郎と鉄蔵は式台から家の中に入り、広い庭を見渡せる八畳ほどの座敷に通された。

「遠方からわざわざ恐れ入ります」

孫左衛門は、如才《じよさい》のない挨拶をして、平七郎の顔を見た。

まだ若く、三十前の男だったが、孫左衛門は三郷家の主の顔というより、懸命に肩を張って威厳《いげん》をみせている俄か主の感がした。

出自はいいのだろう、白い肌に白い手をしていて、これで百姓の長をして指図できるのだろうかと、ふと平七郎は思った。

「お伺いいたします。私もそう時間がございません。これから町へ出かけるところでございましたので」

早速煙幕を張った。

「他でもない、鹿之助のことですが、まさかここに帰ってきたというようなことはありませんな」

平七郎は孫左衛門の顔をじっと見た。

「まさか……」

孫左衛門は苦笑して言った。

「弟は、いえ、あの人は、二度とこの佐原に足を踏み入れることのできない人ですよ。江戸で罪を犯して遠島になったと聞きましたが……」

「そうだ、だがな……」

平七郎は島送りの船が難破し、たった一人鹿之助が助かったが、その後逃亡しているのだと話してやった。

「逃亡……」

孫左衛門は呆然とした。案じる様子はかけらも見えない。むしろ嫌な話を聞いた、そんな風に平七郎には見えた。

三郷家はこの地では、なにごとにつけても範《はん》とならねばならぬ長の家だ。その家の者が遠島になるような事をしでかしたのだから、三郷家にとっては厄介《やっかい》者、しかし、もう少し言葉の中に思いやりがあってもいいのではないか。だが孫左衛門は顔をしか

めると、

「先代の義父《ちち》が生きていた時には人の口にも戸を立てて、無事に佐原に帰って来て、この家を継いでくれるのを待っていたようですが、その義父が亡くなりましては、とても私の力では人の口を封じることなど出来ません。私が妻の滝《たき》とこの家を継ぐことが決まった時、いえ、それは断っておきますが、先代が亡くなる前に私に頼むと、そう言ったのです。それで滝とも相談いたしまして、むろん義母《はは》にもそれは相談した上のことですが、鹿之助と三郷家の養子縁組は解消いたしました。ですから、あの人と家とはもう関係ございません。何を訊かれましても、お答えすることも出来ません。冷たいように聞こえるかもしれませんが、三郷家は三百五十町歩、二千石を産みだす田畑がございます。村も十四カ村、小作人も多く、それらを束ねていくには自分たちの身を厳しく律《りっ》せねばならないのです」

孫左衛門は、まるで常々、鹿之助の事を人に尋ねられたら、こう話そうと準備していたかのごとく、淀《よど》みなく答えた。

平七郎は不快だった。一緒に話を聞いている鉄蔵の顔をちらと見ると、鉄蔵も面白くない顔で聞いていた。

「鹿之助はなぜ江戸に出たのか、これだけの身代の跡取りとして育ちながら、佐原をなぜ捨てたのか、お内儀か母御か、話をしてもらえぬものか」

平七郎が皆までいわぬうちに、初老の女が入って来た。痩《や》せた体に上物の紬《つむぎ》の着物を着ている。

「母さま……」

孫左衛門が慌てて自分の座に初老の女を座らせて、自分は控えて座った。背筋を伸ばして座った母さまとは、紛れもなく鹿之助の養母だった。養母は静かに座ると、険しい顔で平七郎に言った。

「鹿之助はなかなかむづかしい子供でした。あんなに可愛がって育てたのに恩を仇《あだ》で返すような事ばかりして……夫が生きている間は私も目をつむってみておりましたが、辛抱の糸が切れましたのです。御領主村岡さまの遠縁の、外腹のお子だということで、私たちは期待もしていたのですが、ご覧の通りのありさまです。迷惑千万《めいわくせんばん》、この家にとって良いことはございません。三郷の家から罪人は出せません。ですから縁を切ったのです」

――この家族は、鹿之助のその後を聞く耳は持っていない。とはいえ……。

平七郎は、気持ちをとりなおして改めて訊いた。

「御領主の村岡さまとは、村岡彦四郎さまの事ですね」

「彦四郎さまは五年前にお亡くなりになりまして、今は彦四郎さまのご子息、宗一郎《そういちろう》さまの代となっております」

答えたのは孫左衛門だった。するとそのあとを養母が継いだ。

「鹿之助が逃亡したという話は今初めて知りましたが、どこまであの子は私たちを苦しめるつもりなのでしょう。私たちはあの子がこの佐原で問題を起こしてから、ずっとひやひやして暮らしてきたんです」

「佐原での問題とは……」

訊き返した平七郎の言葉に、養母は一瞬口を噤《つぐ》んだ。だが、相手は江戸の役人だ。養母に代わって孫左衛門が言った。

「不義です。人の女房に手を出したんです。それでここにいられなくなって江戸に逃げたんです」

「佐原の佐太郎《さたろう》とかいう、さっぱ船の船頭と親しくなってから、あの子はおかしくなったんです。私たちの手の届かないところで起こしたことです。お役人様、そういうことでございますからね、私たちも、ほとほと……ですから鹿之助がここに帰って来るわけがございません。万が一、この佐原にあの子が帰ってきましたら、必ずお知らせいたしますから」

養母は、苦々しい顔で言った。

「あっしはああいう手合いの人間は大っきらいだね」

三郷家を出て振り返った鉄蔵は、舌打ちをしてみせた。

「まあいい、鹿之助がなぜ佐原を出たのか分かったじゃないか。てっつぁん、さっぱ船の、佐原の佐太郎という男に会ってみよう」

七

「佐太郎ですか、奴は今日は関宿《せきやど》まで出かけておりやしたが、先ほど陸《おか》にあがったばかりで……」

小野川を航行する船を束ねている治《じ》兵衛《へえ》は、平七郎にそう告げると、吸っていた煙草の灰を土間に吹き捨てた。

そして小屋の外に出て、小野川の左右の道を行き交う人に目を遣った。腹掛け法被姿の船頭はあちらこちらに見受けられたが、その者たちは佐太郎ではないらしい。

「もう、いねえな」

治兵衛は独りごちた。

するとそこに、一人の船頭が帰って来た。

「おめえ、佐太郎を見なかったか」

治兵衛が訊くと、すぐにその船頭は言った。

「親方、あいつ、今日はもう仕事はしねえとか言ってやしたぜ。酒飲みに行ったか博打か……ひょっとして女かな」

笑ってみせた。

「どうしようもねえな」

治兵衛が舌打ちして、

「そういう事ですから、今日はもうここには戻ってきませんぜ。明日また出直して来て下さいやし」

苦笑いを浮かべて言った。

「親方、佐太郎が良く行く飲み屋と博打場を教えてくれませんか。明日まで待てねえんです」

鉄蔵が言った。

「さあ、そうさなあ……奴が良く行く飲み屋は、本宿《ほんじゅく》の方なら『ひょっとこ』、新《にい》宿《じゅく》なら『たまや』かな」

本宿というのは佐原では川の東側を言い、新宿は西側を言った。

「博打場なら寅蔵《とらぞう》親分のところだろうが、まだ日は高え。飲み屋を当たってみるがいい」

「分かりやした。それで、佐太郎というのは、どんな男だい。鼻が団子だとか目が大きいとか」

鉄蔵が皆まで言うより早く、さっきの船頭が湯呑片手に出てきて言った。

「佐太郎の声は人一倍大きいんだ。態度もでけえから、すぐに分かるよ。歳は確か二十と五つぐれえかな」

平七郎は治兵衛たちに礼を述べて、

「よし、俺はこっちの本宿を行く、お前は向こう側の新宿を頼む」

鉄蔵に言い、佐原の宿を二人は二手に分かれて佐太郎を探すことにした。

だが、平七郎が探し当てた『ひょっとこ』には、佐太郎はいなかった。

一方の鉄蔵も『たまや』を覗いたが、客は町の爺さんばかりで、若い男はいなかった。

「佐太郎って男は、今日はここにこなかったのか」

店の小女《こおんな》に訊くと、

「さっきまでいたよ。それが、ここでやくざと喧嘩《けんか》になって、先ほど皆に囲まれて出て行ったところです」

という。

「どっちへ行ったんだね」

「川上です」

小女は表に出てきて、川上を指した。

「ありがとよ」

鉄蔵は、もしも旅の武士がここにやってきたら、川上に行ったと伝えてくんな、小女にそう告げて川上に走った。

佐原は利根川《とねがわ》水系に出来た水郷の町である。あちらこちらに手の付けられていない水路や湿地帯が見えた。

獣のような唸《うな》り声と、荒々しく土を踏みしめる音が聞こえたのは、町から少し離れた湿地帯だった。

鉄蔵は立ち止まって見た。

一人の男が三人の男に囲まれるようにして対峙《たいじ》していた。一人の男は手に船の櫓を握っているし、囲んでいる三人の男たちは、皆手に匕首を握っている。

「今日はどうしてもおめえをぎゃふんと言わせてやるぜ……」

三人のうちの一人が、きらっと匕首を突き出して見せた。その男の左腕は真っ赤《まっか》に腫《は》れ上がっている。櫓を叩きつけられた痕に違いなかった。

「そんな脅しに屈するもんか。だいたい、みかじめ料なんて認められているか……いねえじゃねえか。お前たちこそ牢屋にぶちこまれればいいんだ！」

囲まれている男が叫んだ。圧倒するような大声で滅法《めっぽう》威勢のいい男だ。この男の腕にも頬にも匕首の切り傷が血を滲《にじ》ませていた。

——あれが佐太郎だな。

鉄蔵は思った。

その時、いきなり三人のやくざと佐太郎の動きが交錯した。

右に左に飛び交いながら、やくざたちは佐太郎に飛びかかって行く。

「野郎！」

「やっちまえ！」

「死ね！」

などと、激しい言葉を交わしながら、佐太郎とやくざは激しく入れ替わった。

——このままじゃあ、あの男、やられちまうな。

鉄蔵は懐から、あの持参してきた十手を引き抜くと、戦いの輪の中に入って行った。

「待て待て、これが見えねえか」

十手を突き出した。

「誰でえ、おめえ？」

突然岡っ引風情が現れて、皆驚いている。

「江戸からやって来た岡っ引だ。そこの佐太郎に用がある。お前たちは散れ」

十手で払うように振った。

「…………」

やくざ三人は顔を見合わせる。

「江戸の北町奉行所の者だ。逆らえばどうなるか分かっているな」

「うるせえ、お前ひとりぐらいどうにでもしてやる」

腕をまくり上げたやくざに鉄蔵は言い放つ。

「そうかい、ならやってみな、言っておくが、この佐原にやって来たのは俺だけじゃねえんだぜ。呼べばお役人が大勢やって来らあ。そうなりゃお前たちは容赦《ようしゃ》なく捕まる。それでもいいのなら向かってきな」

鉄蔵は十手を突き出して、一歩二歩とやくざたちの前に近づいていく。

「ちっ、出直しだ！」

やくざたちは、苦々しい顔を残して走り去った。

と、その時だった。

佐太郎が逃げ出した。

「待ちな」

鉄蔵は追っかける。

佐太郎は川筋に走り出た。商人や町の者たちが往来する賑《にぎ》やかな通りを、

「退《ど》け退け、退いてくれ！」

大声を発して走って行く。

「くそっ」

鉄蔵は必死で追っかけるが、佐太郎は米屋の角を曲がったところで、消えた。

——しまった……。

鉄蔵が臍《ほぞ》を嚙んだその時、

「放せよ、止めてくれよ」

佐太郎の声がした。

はっとして振り返ると、平七郎に腕をねじ上げられた佐太郎の姿があった。

「旦那……」

「お前の後を追っかけたら、この男を追って来るのに出くわしたのだ」

「ちくしょう、放せったら」

佐太郎が毒づく。

「お前が佐太郎だな」

平七郎が念を押すと、

「だったらどうしたい。言っておくが、あっしは御用になるようなことは何もしてねえぜ。さあ、ここで訳を言ってもらおうじゃねえか、なぜこんな目にあわせるのかをよ」

佐太郎は、平七郎の腕を振り払うと、その場に座り込んであぐらをかいた。

何が起こったのかと人々が集まって来る。

「あっしは、焼くなり煮るなり好きにしてくれてもいいぜ。ただし間違ったじゃやすまされねえ。その時には出るとこ出てもらおうじゃねえか」

啖呵《たんか》を切る佐太郎をみようと、あっという間に人垣ができた。

だがその額には、真っ赤な血が流れているではないか。

「お前、頭を怪我しているな。手当をしないと死んでしまうぞ」

平七郎の言葉に、佐太郎はぎょっとなって額に手をやった。


佐太郎の額の傷は、平七郎たちが泊まることにした旅籠の『常盤屋《ときわや》』に医者を呼んで手当をしてもらった。

傷は深くはなく、命に別状はないということだった。ただ傷口を汚い手で触らないようにと注意をされて、佐太郎は額を保護する大きな膏薬《こうやく》を貼って貰った。

「大事がなくて良かったではないか」

平七郎は立ち上がると、二階の窓を開けて外を眺めた。

平七郎たちが案内された部屋は、二階の見晴らしの良い座敷だったのだ。

「小野川が一望できますよ」

宿の女中は、佐太郎の額の手当を医者がしているときに、平七郎の耳元にそうささやいて下がって行ったが、なるほどと納得した。

川の両岸には柳が植えられていて緑の枝を揺らしている。そして、川を往来する船の賑々しさの有様も遠くまで見えて、商人やら人足やら旅人が行き来している。活気にあふれた町だというのが良く分かった。

平七郎は、佐太郎の前に座りなおして、佐太郎の顔を見た。

佐太郎は、面白くなさそうな顔をして、あっちを向いた。

「ふむ、いつまで口をきかないのだ」

平七郎は、まじまじと佐太郎を見た。

改めて佐太郎を眺めてみると、佐太郎は髷《まげ》も粋《いき》に少し横に曲げて結い、黒い股引腹掛けもいなせな感じで男っぷりがいい。

自分と同じ年頃の男だと分かっていても、妙に憎めない弟のような親近感を覚えた。

ただ、平七郎の思いとは反対に、佐太郎の表情は硬かった。警戒心を滲ませているのが分かる。

「佐太郎、そんな顔をするな。何もお前に縄をかけに来た訳ではないのだ、そう言っただろう」

「当たり前だ。あっしはなにもやってねえ」

佐太郎は木で鼻をくくったように言った。

「そう怒るな。実はな、お前に鹿之助のことを訊きたくて探していたのだ」

「さっきも訊かれたが、知らねえな」

佐太郎は平七郎の顔を見ようともしない。平七郎は構わずに続けて訊いた。

「あんたは鹿之助と仲が良かったそうじゃないか……」

「それがどうしたい」

佐太郎は強い目で見返してきた。

「おいおい、誤解して貰っては困るな、こちらの立花平七郎さまは鹿之助をどうこうしようってんでここまでやって来たんじゃねえんだぜ。逃げてる鹿之助が町奉行所や浦賀奉行所の役人に捕まるより先に身柄を確保して、ある人に会わせてやりてえってお考えなのだ」

横合いから鉄蔵が口を挟んだ。

すると、突然佐太郎の態度が変わった。

「ちょっと待ってくんな、今なんて言った……逃げてる鹿之助と言ったな。どういう事なんだ……鹿之助は島に流されたんじゃなかったのかい」

佐太郎は平七郎と鉄蔵の顔を交互に見て訊いた。

「送られる筈だった。だが船が久里浜沖で難破したのだ。皆亡くなったと思っていたら、鹿之助だけが生きて浦賀の浜に打ち上げられたのだ」

「ほんとですかい」

佐太郎の顔に、俄かに嬉しそうな色が走った。だがすぐに、また警戒心のある顔で平七郎をじっと見ると、

「信じていいんですね、旦那」

目をきらりと光らせた。

「むろんだ」

平七郎は、佐太郎の目の光を跳ね返した。

「ふん」

佐太郎は、膝を崩してあぐらをかいた。そして芝居よろしく言い放った。

「どうも信用ならねえな。どんな話を聞きたいか知らねえが、あっしは無二の親友を売るようなことはしねえ。鹿之助が助かったのは神の思し召《おぼめ》しだ。そもそもあいつが島送りだなんておかしいよ。逃げて逃げて、生き延びてくれることをあっしは祈るぜ」

「おい」

鉄蔵が諫《いさ》めるが、

「あっしはな、あいつには借りがあるんだ。あいつがこの佐原を出なくちゃならなくなったのは、あっしのせいなんだ。奴は育ちのいい、性格のいい奴だった。それが

災《わざわ》いしたんだ。あっしのせいで余計な事に首をつっこんでしまってよ、深みにはまっちまったんだ」

「それだ、その話を聞かせてくれ。今もこの鉄蔵が言った通り、俺は何も鹿之助を捕まえてどうこうしようとしているのではないぞ。鹿之助を必死に探している町奉行所の者たちより早く見つけて、いずれまた島に送られる鹿之助の心の荷を軽くできないものかと考えているのだ。それにな、このまま逃げとおせればいいが、捕まったら死罪だ。罪がさらに重くなるのだ。それだけは防いでやりたいのだ」

「………」

ふん、何を言ってるんだというような目で聞いていた佐太郎だったが、その表情が変わった。

平七郎はさらに続けた。

「佐太郎、鹿之助はな、赤子の時に三郷家に貰われてきた男だ。本当の親は別にいたんだ。その親は亡くなってもういないが、赤子を三郷家に世話したお旗本がいてな、そのお方が鹿之助に会いたがっている。亡くなった鹿之助の父親のかわりに会ってやりたいと……俺もきっと会わせてやりたいと思ってな」

佐太郎は、組んでいたあぐらを解いて膝を直した。そして、真剣な顔で言った。

「旦那、鹿之助は自分が貰われっこだということを知っていやした。三郷家には娘が二人おりましたから、鹿之助は苦しんでいたんです。自分が三郷家の跡を継いでよいのかと……」

「そうか、知っておったのか」

「へい、ですからあいつは、人に優しかったんでございやすよ。不幸せな人を見過ごすことができねえ人間だったんです。あっしはそれを知っていたから、いたから……」

佐太郎は、突然泣き声になった。拳を作ってごしごし目を拭いた。

平七郎と鉄蔵は顔を見合わせると、しばらく佐太郎が落ち着くのを待った。

「なんでも話しますよ、旦那」

佐太郎は涙をぐいと拭くと顔を上げた。

八

「あっしが鹿之助と知り合ったのは五年前のことでした……」

佐太郎は神妙な顔で話し始めた。

三郷家の跡取り息子として町に遊びにやって来た鹿之助が、佐太郎の船に乗ったのがきっかけだった。

その時には、鹿之助には若い衆が供としてついていたが、その後は一人で遊びにやって来た。

年齢も同じ年頃で、ちっとも鹿之助には偉ぶったところが無く、佐太郎も次第に身分の垣根を払った親しさを持つようになった。

親しくなるにつけ、二人は自分の生い立ちなども話し合った。

佐太郎は親の代からの船頭だ。父親が亡くなった時から、船は佐太郎が操ることになったのだが、母親も亡くなると、体を支えていた骨が一本消えてなくなったようで、心のよりどころが無くなっていた。

真面目に働けば女房も養える筈だが、むらっけの多い気性も災いして、金のないのを言い訳にして、一人ぼっちの暮らしを通していた。

一方の鹿之助は、佐太郎からみれば目もくらむ程の暮らしができる雲の上の人だと思っていたのだが、鹿之助は自分が三郷家の貰い子だというのを気にしていた。

「御領主の、村岡さまの遠縁にあたる者の外腹の子だというのだが、ある人は、村岡さまのお屋敷に奉公していた女中の子だと教えてくれたこともある。まあ、どっちだって同じことだ。厄介者を三郷家に押し付けたんだ。三郷家も迷惑な話だ。三郷家は私じゃなく、実子の姉たちが継げばいいんだ」

揺れている気持ちを、佐太郎に吐露《とろ》したこともあった。

鹿之助がそういった噂を耳にしたのは、使用人の心無い会話からだったようだ。

父親の孫左衛門に一度自分の出自を訊いたこともあったらしいが、孫左衛門は、

「誰がなんと言おうと、おまえは三郷家の跡取りだ、それを忘れるな」

強い言葉で自分に愛情を示してくれたのだと鹿之助は佐太郎に話した。

そんなある日のことだった。

佐太郎は、どうしても自分では解決できない問題を抱えてしまって、鹿之助に相談した。

その問題というのは、同じ船頭仲間の伊助《いすけ》の女房から『亭主に内緒で金を借りたが返済できずに困っている。人一倍意固地な亭主にばれれば殺される。金を融通して貰えないか』という相談を受けたのだ。

借金というのは伊助の持ち船の修理代に当てるためのものだったが、実家の母も病でふせっていたために相談できず、やむにやまれず高利貸しから金を借りたというのであった。確かにその年の夏の野分《のわき》は雨風すさまじく、小野川も洪水の被害を受け

て、艫綱《ともづな》が切れて船が流されたり、互いにぶつかり合ったり、流木が当たって壊れたり、使えなくなる船が多くあったのだ。

佐太郎の船はことなきを得ていたが、伊助の船は相当傷みが激しかったと聞いていた。

伊助の女房の苦しみは良く分かった。なにしろ同じ船頭仲間だ。それに、伊助の女房と佐太郎とは幼馴染《おさななじみ》だったのだ。

佐太郎が住む長屋の近くに小間物を売る小さな店があったが、そこの娘で、佐太郎のことを『あんちゃん』と呼んでくれた娘だった。

なんとかしてやりたいと思ったが、必要な金額が五両と聞いて、佐太郎は自分には無理だと思った。

佐太郎が佐原の町を走り回ったって五両もの金を貸してくれるところは無い。おまけに賭場には借りがある。船頭を束ねる親方にだって、先日一分借りたばかりで、その時だって一刻近くもこんこんと説教されて、人に金を借りるのはもう嫌だとさすがに堪《こた》えていた。

佐太郎は、ふっと鹿之助の事が頭に浮かんだ。

——あいつなら金を貸してくれるかもしれない……。

すぐに鹿之助を呼び出して頼むと、二つ返事で承諾してくれたのだ。

佐太郎は鹿之助を伊助の女房に引き合わせた。

伊助は頑固者で名が通っていた。たとえ自分の船のための借金とはいえ、鹿之助に借りるなどということが分かったら、おちさがどんな目にあうか分からない。伊助に知られてはいけないと、そこまで案じて、結局自分の船に二人をさりげなく乗せ、町のはずれで金の貸し借りを行ったのだった。

ところがこれがきっかけで、鹿之助と女房がたびたび忍びあうことになった。

やがて町に噂が立ち、亭主の知れるところとなった。

ある日のことだ。

伊助は関宿まで荷物を積んで行くと女房に告げて家を出たが、一刻後にはそっと家に引き返し、丁度のこのこやって来た鹿之助の姿を実見したところで、常に携帯している護身用の匕首を引き抜いて、

「二つに重ねて真っ二つにしてやる！」

斬りかかったのだ。

騒ぎを聞いた隣人数人が走って来て中に入ったりするうちに、鹿之助は逃げた。

父親の孫左衛門には正直に話し、孫左衛門の考えで江戸の佐原屋という呉服屋に預

かってもらうことになったのだった。佐原屋は、この佐原の人間が江戸に開いた店で、主と孫左衛門は旧知の仲だった。

佐太郎はその夜、鹿之助と慌ただしい別れをしたが、

「ほとぼりが冷めたら、きっと帰って来いよ」

佐太郎は鹿之助の手を握った。鹿之助がこうなったのには自分にも責任がある。佐太郎は鹿之助にすまない気がしていたのだ。

だが、それが二人が交わした最後の言葉だった。

「立花さま……」

佐太郎は話し終えると、改めて平七郎を見た。

「鹿之助が江戸に出るについては、そういう事情があったのでございやす」

平七郎は深く頷いた。佐太郎の話に嘘はないだろうと思った。

しかしまだ気になることがある。鹿之助はその後一度も佐原に帰っていないということだが、

「佐太郎、その後伊助と女房はどうしているのだ。元のさやに戻って、ほとぼりも冷めたのか……」

「それなんですが、鹿之助が二度とここに戻れないような事件が、そのあとあったの

でございますよ」

「何……」

平七郎は、鉄蔵と顔を見合わせた。

「伊助は短気で通った人間でした。鹿之助が佐原から姿を消した翌日、腹の収まらない伊助は、寝ている女房の髪をひっつかんで引きずり回したんです」

「………」

「挙句の果てに、伊助は土間に積んであった薪《まき》で、女房の頭を一撃したんでさ」

「なんと……」

「へい、それで、伊助は狂ったようになって家を走り出たらしいです。これは長屋の者にあとから聞いた話で分かりました……」

妻を殺したという錯乱をきたしたままで、伊助は自分の船に乗り、利根川に出て、川の流れに船を任せながら自分の胸を匕首で突いて自害したのだ。

伊助の船は銚子《ちょうし》までながされて、そこで漁師の船に引き上げられて、自害しているのが分かったのだった。

一方、女房の方は、伊助が長屋を走り出たあと、近所の者たちが家の中を覗いて大騒ぎとなり、大家が医者を呼んで検死を頼んだ。

ところが、女房にはまだ脈があったのだ。手当をしたところ息を吹き返した。

「ところがです。そこへ、亭主の伊助が自死したという知らせがあったんでさ。女房のおちさは、泣き崩れましたよ。そりゃあ、そうでしょ、いっぺんに不幸が押し寄せてきたんですから」

「ちょっと待て、その女房だが、今おちさと言ったな」

「へい」

佐太郎は頷いた。

「江戸で、人の囲い者になっているおちさだな」

「えっ……おちさが囲い者に……」

佐太郎は驚いて目を丸くすると、

「江戸にいたんですか……そうですか、囲い者になって……おっかさんは今一人で暮らしているんですが、囲い者になってるなんてことは知らないと思いやすよ。娘は仲居をしている、繁盛してる店で実入りもいいらしい、それであたしにお金を送ってくれるんだって言っていますからね」

「佐太郎、実はな……」

平七郎は、鹿之助が島送りになるような罪を犯した一つの理由が、おちさの存在にあったのかもしれないと佐太郎に話した。

佐太郎は頷いていた。そしてつぶやいた。

「そういうやつですよ、鹿之助は……だいたいあの男は、浮いた気持ちで不義なんぞ出来る男じゃないんだ。おちさの健気さが不憫で、それでああいうことになっちまったんだ」

「すると、鹿之助は自分が江戸に出たあとのおちさの不幸を知っていたなら、なおさらほっておけないと」

「そうです、鹿之助は親父さんから佐原の様子は聞いていた筈だ、おちさの亭主のことも な……だから、それについても自分を責めていたに違えねえ」

「そういう気持ちがあった鹿之助が、ひょんなことから、おちさが江戸にいると聞けば……」

「へい、どんなことをしても、おちさが幸せになるようにしてやりたい、そう思ったに違えねえ、旦那、きっとそうです、だから、押し込みに手を貸したんだ……」

佐太郎は自身に言いきかせるように、うんうんと何度もかぶりを振った。

平七郎も鉄蔵も頷いた。

そしてふっと鉄蔵が訊いた。

「佐太郎さん、確かめておきてえんだが、鹿之助の背の高さを知りたい。それと、色の白い男だったのか」

「背はあっしより高かったから高いほうです。色は白くはなかったです。健康な色でした。それに、生まれが良いからか目鼻立ちもいい、だからおちさは靡《なび》いたんだ。そうだ、鹿之助の右手首には火傷《やけど》の痕《あと》があったな」

「火傷か、右手首のどのあたりだ」

鉄蔵が右手首を突き出した。

「このあたりです」

佐太郎は親指の付け根の下あたりを指した。

「そこだけ少し色が違ってた。でも良く見ないと分からねえ」

佐太郎の話を聞きながら、平七郎は辰吉が一度見たという怪しい男は鹿之助ではないと思った。

――だったら、あれは誰なのだ……。

三谷橋の南袂から、おちさの住む家を見詰めていた男は――。平七郎他みんなも、その男は鹿之助じゃなかったかと考えていたのだが……。

新たな疑問が湧《わ》いていた。

自分もぜひ江戸に行きたい、そして鹿之助を探したいという佐太郎に、

「お前は佐原にいてくれないと困る。万が一鹿之助がここに帰ってきた時には、お前しか頼るところはない筈だ」

そう言い聞かせて、この日は佐原に一泊、そして翌日は早朝佐原を発って大和田で一泊し、翌々日の昼頃には行徳に到着した。

源治は首を長くして待っていたようだ。

「今日あたり戻ってこられるんじゃないかと思いやしてね、弁当も、ほら……」

風呂敷包を見せた。包の中には、握り飯とかまぼこや漬物などが入っている。飲み物も青竹の水筒に、これは水、こっちはお茶などと十分な量を用意していた。

「昼はうどんにするか」

平七郎は、この行徳河岸で評判の『笹屋《ささ》』といううどん屋に、二人を連れて入った。

「なんですか、あの大きな船は……」

鉄蔵が声を上げた。ふと見た沖に大きな船が停泊している。二艘見える。

「あれはここからお江戸に魚を運ぶ貨物船ですよ」

笹屋の女将が言った。

銚子で夕方船に積み込む魚は、一艘に三百籠（およそ四・五トン）。明け方には木《き》下河岸《おろしかし》に到着し、待ち受けている馬三十頭に十籠（およそ百五十キログラム）ずつ積み、馬の長い列を組んで昼頃に行徳に到着、ここから船に積み込んで、江戸川から新川、そして小名木川から日本橋川に入り魚市場に届けるのだという。

「しかし良くそれで腐《くさ》らねえもんですね」

鉄蔵が訊いた。なにしろ江戸の日本橋に着くのは今日の夕方ということだから、銚子を出てから丸二日を要するわけだ。

「見てごらんなさいな、魚の籠を……笹の葉がたくさん見えるでしょ。籠に敷き詰めているのはもちろんですが、銚子で魚を揚げたら活き締めにしたり、はらわたを抜いて笹の葉をつめたりしているんですよ。時には水をかけながら運ぶんだから、そりゃあ大変ですよ」

女将は自慢げに話した。

馬の嘶き声、人足の叫び声、そして目の先を運ばれていく魚籠は、平七郎たちには初めて見る活気に満ちた光景だった。

「さて、帰るか。頼むぞ源さん」

ほんのひととき、憂《う》さを忘れるような光景を見たのだが、うどんを食べ終わる頃には、早くも心は江戸に向かって走っていた。

丁度その頃、三谷橋北詰めの絵草紙屋二階で張り込む秀太のもとに、おこうがやって来ていた。

「少し気になる話を聞いたものですからね」

おこうは、又平が出したお茶を手に取ると言った。

「なんですか、そろそろ平さんも帰って来る頃かと思うのですが」

「南町の岡っ引で、重吉《しげきち》さんって人がいるんですが、辰吉は良く知っている人でね、加納民之助《かのうたみのすけ》さまのお手伝いをしている人なんです。その重吉さんの話では、加納さまは盗賊銀ねずみ一家の探索に関わっていて、重吉さんも当然手下として働いたわけですが、近頃になって、探索に間違いがあったと猛省《もうせい》しているっていうんです」

「何がどう間違っていたというのだ」

秀太は、窓の外を見張っている辰吉に、ちらと視線を流してからおこうに言った。

「鹿之助って人が一味の一人だと告発した町駕籠の駕籠かきがいるという話は聞いていますね」

「聞いている」

秀太は頷いた。

「その男ですが、どうやら駕籠かきなんかじゃなかったと言うんです」

「どういうことだ」

秀太は、きょとんとしておこうの次の言葉を待った。

「その男は、銀ねずみ一家の円蔵だったんじゃないかと……」

「何、円蔵と言えば、まだ捕まってない男だな」

「そうです。このたび鹿之助の逃亡で、南町のお役人は一所懸命探しているんですが、そんな中で駕籠かきの話が出て、もう一度その男に会いに行った。男は鉄砲町にある『大和屋《やまと》』の者だと言ってたようですから大和屋に行ったんです。そしたら、そんな駕籠かきはいないってことが分かったんです」

「ちょっと待って、すると何か……円蔵が駕籠かきと偽って、仲間を密告したってことだな」

「そうです」

「………」

秀太は首をかしげた。

何の利もない事ではないかと思ったからだ。

するとおこうが言った。

「円蔵っていう銀蔵の手下は、銀蔵とは仲違《たが》いしていたんです。円蔵は銀蔵をお奉行所に売ったんですよ」

「そうか……やっと読めてきたぞ。銀蔵たちが捕まれば、盗んだお宝は全部自分の物になるからな」

「はい……本当はこんな話、重吉さんから直接聞いてもらった方が、もう少しいろいろと分かるのでしょうが、まさか平七郎さまが鹿之助を探しているともいえませんから、私がこうしてやって来たのです。ここに平七郎さまがお帰りになったら、その事、どうぞお伝えください」

「ありがたい、平さんも、きっと喜びます」

おこうは、にっこり笑った。秀太や辰吉が案じているような平七郎へのしこりは何もないように見受けられた。

「あっ、そうそう」

立ち上がったおこうは、もう一度座って、持参して来た風呂敷包の中から、筒まきにした物を辰吉の前に置いた。

「辰吉、これを……」

「あっ、持ってきてくれたんですか、これ春画でしょ」

「知りません。辰吉が仙太郎さんに頼んだ物でしょ。私は預かってきただけですから。値段は一枚二百文だと言ってましたよ」

「へえ、ずいぶんするもんですね」

「じゃあ」

とおこうは再び立ち上がったが、

「そうだ、もう一つ大事なことが」

手を打って秀太に言った。

「円蔵は色の白い男だったようですよ。駕籠かきは皆肌が黒いから、おかしいなって、重吉さんも最初から思っていたようです。でもその時は、まんまと信じてしまったって言ってましたね」

「それって、ひょっとしてあっしが見た男じゃないですか。三谷橋の袂からおちさの家をじいっと見ていた男ですよ」

辰吉が驚いて言った。

九

平七郎たちが帰って来たのは、その日の七ツ過ぎ、おこうが又平と夕食の用意をしている時だった。

おこうは帰ろうとしたところを秀太に引き留められて夕食を作っていたのだ。

むろん秀太の胸には、今日あたり平七郎が帰ってくるという思いがあったからだが、実際平七郎たちが三谷堀にある絵草紙屋に帰って来ると、

「おこうさん、平さんだ」

秀太は声を上げて台所にいたおこうを呼んだ。

「お帰りなさい」

思いがけず平七郎を出迎えることになったおこうは、台所から小走りに出てくると、はにかんで言った。

「来てくれていたのか」

平七郎も驚いた。思わぬ出迎えに疲れが飛んだ。

「夕食を作ってもらっているんです」

秀太が言った。

「そうか、じゃあそれまで、みんなに話がある」

平七郎と鉄蔵と源治は急いで足を洗い、ほこりを払って二階に上がった。

それから四半刻、平七郎は佐原で分かったことの一部始終を話し、秀太は秀太で、おこうから聞いた話を報告した。

「そうか、円蔵だったのか……」

平七郎は納得した顔で腕を組んだ。そしてしばらく考えていたが、

「これはあくまで俺の憶測だが、円蔵も鹿之助が生きていたことを知って探しているのかもしれぬな」

と言った。

「なぜですか」

秀太が訊く。

「これは推測だが、南町のこれまでの調べでは、円蔵は仲間を売って、お宝は独り占めしてとんずらしたことになっているのだ。それがまだ江戸にいるというのは、ひょっとして金はまだ手にしていないのかもしれぬな」

「平さん、それじゃあ、円蔵は鹿之助が金の在《あ》り処《か》を知っていると考えて、おちさを

見張っていた、そういう事ですか」

「うむ、そういうことなら、容易に鹿之助がここに姿を現さない理由も分かる」

「…………」

秀太他一同、大きく息をついた。一方を見詰めたりしてしばらく思案していたが、

「そうするてえと……」

鉄蔵が、しんとなった空気を破った。

「鹿之助は、きっと円蔵が金の在り処を探るためにおちさのところまで食指をのばしてくるに違えねえ、そう考えてここに来るのを警戒している。そういうことですね」

「そうか、平さんの狙いは間違ってなかったんだ」

秀太が言った。

「いや、どう出てくるか、油断は出来ぬし、ここに現れる前に鹿之助が南町に捕まったらそれで終わりだ。一刻も早く見つけねば……」

平七郎が言ったその時、

「辰吉さん！　た、助けて頂戴！」

階下で何かが倒れる音がしたと思ったら、おちさの世話をしている、あの飯炊き婆さんの叫び声がした。

「お花婆さんだ！」

辰吉は階下に走り下りた。

お花は土間にうつぶせに倒れていた。

「どうしたんだ、婆さん」

辰吉は駆け寄った。

おこうも出てきて、お花に走り寄る。

「あ、足を挫《くじ》いて……」

「なんだって」

助け起こそうとする辰吉に、

「あたしのことはいいから、おちささんが急にお腹が痛いって、だ、だから、医者を呼んできてほしくて」

「分かった、任せておきな」

辰吉はそういうと、

「秀太の旦那、頼むよ！」

二階に向かって叫ぶと、自分は表に走り出た。

秀太はすぐに下りて来た。ただし、羽織《はおり》は脱ぎ捨てて着流しで現れた。

「あ、あんたたちはいったい……」

目を白黒させるお花に、

「辰吉さんの友達なのよ、みんなで集まって美味しいものでも食べようって」

おこうは言った。

「それは、すみません」

半信半疑ながらお花は頭をぺこりと下げると、

「あいててて！」

顔をしかめた。

「私たちの肩につかまってくださいな」

おこうは秀太と力を合わせて、お花を抱き上げた。そしてお花を秀太の背中に背負わせて店を出た。

秀太は、よろよろしながら、お花をおちさの家に運んだ。

玄関に入ると、女の痛みに耐える声が聞こえた。

おこうは、声のする茶の間に飛び込んだ。

「すぐにお医者が来ますからね」

おこうは腹をさすりながら呻《うめ》いているおちさの耳に囁《ささや》くと、おちさの背中を優しく撫《な》でた。おちさの顔は、真っ青になっている。

「すみません、癪《しゃく》なんです。時々、こんなことになって……」

切れ切れにおちさは言った。だが痛みに抗《こう》しきれなくなって、

「ああ……」

おこうの手に縋《すが》った。

「大丈夫、しっかりしてください」

おこうは強くおちさの手を握ってやった。

医者はまもなくやって来た。

「これは特効薬だ、すぐにおさまる」

医者はおちさに言い聞かせながら薬を飲ませ、おこうが敷いてやった布団に寝かせると、今度はお花の足を診た。

「ふむ、こっちも痛み止めと貼り薬を出してやろう。骨は折れてはおらぬようじゃから、痛みがとれればそれで良し。婆さん、婆さんも歳を考えてな、足元に気を付けて暮らさねば」

お花の耳元に大声で言った。

「ふん、聞こえますよ。あたしゃまだ、婆さんではありませんよ」

憎《にく》まれ口を利くお花に、

「それなら結構」

笑いながら言い、医者は薬を置いて帰って行った。

痛み止めを処方されて、おちさもお花もまもなく眠りに入った。

「あとは私が……」

おこうは言い、秀太と辰吉は店に戻って行った。

既に外にも中にも夕闇が迫っていた。

おこうは、火打石《ひうちいし》を探して行燈に火をつけた。

薄暗かった部屋に、心もとない光が広がった。

おちさが眠っている近くに行燈を置き、おこうもそこに座って部屋を見渡した。小さな茶簞笥、それと日傘が一本、畳んだ男の着物が一枚、囲い者の暮らしを垣間見て、なんとも気持ちが落ち着かない。

ふっと隣室への襖《ふすま》が一枚開いているのに気付いて立ち上がって薄暗い座敷を見て驚く。

組み紐を造る丸い台や四角の台が置かれていて、出来上がった美しい紐も見える。

――おちささんは、これで暇《ひま》をつぶして……。

囲い者の女のわびしさを見たような気がして、おこうは気持ちが塞《ふさ》いだ。

おちさの枕もとに戻って、まじまじとおちさの顔を見る。

――この人が、かつて人の妻でありながら鹿之助という人と不義に走ったのか。

そのために、おちさも鹿之助も、思いがけない数奇な運命をたどる事になったのではないか。

おちさは今幸せなのだろうか、後悔していないのだろうか、とおこうはおちさの顔にさまざまに思いを巡らせた。

――あっ！

おこうは、おちさの目から涙が流れているのに気が付いた。

「おちささん……」

おこうが呼びかけると、おちさは目を開けた。おちさは、おこうをじっと見つめてから言った。

「すみません……」

「いいえ、気になさらないでください」

「親切にしていただいて、嬉しくて……」

おちさは体を起こした。

「大丈夫ですか」

労《いたわ》るおこうに、おちさは深く頷くと、

「ありがとうございました。近頃はたびたび癪が起こるんです。罰が当たったのかなって思ってます」

「そんな馬鹿な……」

「いいえ、罰なんです」

おちさは遠くを見る眼になった。

「これまで誰にも話したことはなかったけど、でも、あなたには聞いてもらいたい……聞いてくれますか」

おこうは頷いた。おちさはそれを見て話しはじめた。

それは、不義をした事が発覚し佐原から江戸に流れて来たことや、夫と、とりわけ不義をした相手の前途を台無しにしてしまったという苦しみを吐露したのだった。

不義をした相手の名をおちさは明かさなかったが、おこうは質《ただ》すことはしなかった。

ただ黙っておちさの話に相槌《あいづち》を打って聞いた。

――この人の胸には、まだ鹿之助という人が棲《す》んでいる。

おちさの言葉の端々に、鹿之助への狂おしいほどの深い情がにじみ出ているのを、おこうは読み取っていた。

鹿之助もこのおちさと同じ気持ちに違いない、それならきっとここに現れるに違いない。おこうはそう思った。


おちさは、しじまの中に染み入るように鳴いている鈴虫の音を、聞くとはなしに聞いている。

おこうが帰ってから一刻、お花婆さんも一度は起きたが、簡単に夕餉を済ませると自分の部屋に引き取って、おちさは一人になった部屋で布団の上に座っていた。

先ほどからじっと考えているのである。おこうに自分の苦しみをつい吐露してしまったのは軽率ではなかったかと、心を揺らしているのだった。

いまさらどう後悔したところで、皆元に戻ることはないのである。

背負った荷が重くても、それは自身の責任だった。

夫があの世から帰って来て、鹿之助も歴とした佐原の三郷家の跡取りとして戻れるのなら、心の荷はどれほど軽くなるだろうか。

おちさが、この江戸で鹿之助と会ったのは、もうずいぶんと前のことだ。かれこれ半年前になる。

春の宵《よい》の、節句を前にした頃だった。

お花が買い物に出たのを見計らって、玄関の戸を叩いたのが鹿之助だった。

「どうしてここが……」

驚いて見るおちさに、

「やっぱりお前だったのか。まさかと思ったのだが、どうしてこんなところにいるのだ」

矢継ぎ早に訊く鹿之助に、おちさは江戸に出てくることになった顚末《てんまつ》を話した。そして、

「こうして暮らしが出来ているのも、重次郎さんという人のおかげです……」

おちさは行徳の河岸で会った仲買人の重次郎が、行くあての無かったおちさを、深川の料理屋に奉公できるように頼んでくれたこと、そして蠟燭問屋の儀兵衛の囲い者になったことなど、隠さず鹿之助に話した。

「苦労をしたんだな」

鹿之助はしみじみと言った。

「私の方こそ、鹿之助さんの将来を台なしにしてしまって……」

「いいんだ、三郷の家にはもう帰るつもりはない。親父も亡くなったんだ。私もこれを機会に、実の母がまだ生きているなら会ってみたいと思っている。これまではそんな事を考える暇もなかったが、親父が死んで決心がついた。佐原の御領主村岡さまの女中の子というのなら、ずいぶん昔の話とはいえ確かめるすべはある。それさえ分かれば、もう何もいらない。だから三郷家のことはもう気にすることはない。私のことより、あんたの事が先だ。きっと金を作って来るから、その金で自由の身になるがよい」

金ができたらまた来ると言い、鹿之助は帰って行ったが、そののち音沙汰《おとさた》は無かった。

心配したおちさはお花に頼んで、通塩町の鹿之助の店を見に行かせた。

するとお花は、青い顔をして大慌てで帰って来た。

「大変ですよ、店には青竹が打ち付けられて、主は押し込み強盗の一味だった、今は捕まって小伝馬町だというんです」

目を見開いてお花は告げたのだった。

——私のために金を作ってくる……そのことが押し込みになったのではないか。

悩んだおちさは、もう一度お花を通塩町に行かせて、その後の鹿之助の消息を聞いてもらった。

「遠島になったらしいですよ。もう関わり合いにならない方がよろしいいんじゃないですか。旦那様に知れたら大変です」

お花はそう言って体を震わせた。

遠島になった鹿之助が何時江戸を離れるのか、身内でなければ知らされることはない。

そこでおちさは、鹿之助の母親を探して、せめて母親に会わせてやりたい、そう思うようになっていった。

しかし、お花にはもう頼めないと思った。

そこで、組み紐の内職を貰っている東仲町の菱屋に、

「実は、旦那様には内緒で、ある女の人を探したいのですが……」

そう言って、多喜次《たきじ》という昔岡っ引をやっていた初老の男を紹介して貰い、鹿之助の母親の行方を調べて貰っていたのである。

その返事は、数日前に菱屋に行った時に貰っている。

鹿之助の母の名は、おすみというらしい。お腹が大きくなって宿下がりをし、二度とお屋敷に戻ることはなかったが、古参の女中のおとらとかいう人が、その後のおす

みの事も知っていて、教えてくれたというのであった。

――明日は出かけなくては……おすみさんという人に会ってみなければ……。

癪など起こしてはいられないと思い返したその時、

――おやっ、鈴虫の音が……。

消えたのかと思った次の瞬間、おちさは組み紐に使っている隣の部屋の外で音がするのを聞いた。

隣室は一辺の壁が下半間は板の壁で、上半間は障子戸になっている。

壁の向こうは山谷堀の土手だった。滅多にそこに入り込む人はいない。人は皆玄関から入って来る。

――まさか、鹿之助さんが……。

そんな事がある筈がない、と思いながらも、誘われるように行燈の火を手燭に移し、お花に気づかれないように隣の部屋に入って行った。

丁度人影が板壁の上半間の障子戸を開けて入って来るところだった。

「誰？……」

呼びかけながら燭台の灯りを、その人影に差しかけた。

「きゃー！」

おちさは、見知らぬ男の顔に悲鳴を上げた。

「静かにしろ！」

男は匕首をおちさの胸に突きつけた。

「お前は、鹿之助の居所を知っているはずだ、教えろ」

男は震えあがって口も利けないおちさに言った。

「し、知りません」

「そんな事があるもんか」

「し、鹿之助さんは、今、小伝馬町の牢屋ですから」

「ちっ、何を寝ぼけたことを言ってるんだ。鹿之助は逃げたんだ。ここにいるんじゃねえのか。探させてもらうぜ」

腰の抜けたおちさを置いて、男は隣の、今までおちさがいた座敷に入った。

その時だった。

「お前は誰だ！」

なんと異変を知った秀太と鉄蔵と辰吉が飛び込んで来た。

三人は男に飛びかかった。

薄暗い部屋の中で男たちの格闘が始まった。

何が起こっているのか、おちさは恐怖でおののいている。

「うっ」

辰吉の声が聞こえた。

「やられたのか、辰吉！」

秀太が叫んだその時、男は入って来た障子戸を打ち破って土手に飛び降りた。

「追え追え！」

秀太が叫んで、男たちは大きな足音を立てながら表に走った。

だがその時にはもう、賊の男は堀に飛び込んで、橋の下まで泳ぐと、堀に繋いであった船の中に這い上がった。

大きく息をする。だがその肩がぐいと掴まれた。

男は、ぎょっとして見上げた。

「平七郎さま、灯りを……」

提灯を突き出したのは源治だった。

その光の中に、びしょぬれになった男の顔と、その男の腕を掴んでねじ上げた平七郎の姿が浮かび上がった。

「何、しやがる、放せ！」

喚《わめ》く男の顔をじっと見て、平七郎は言った。

「お前は鹿之助ではないな……そうか、銀ねずみ一家を町奉行所に売った円蔵だな」

十

「ちっ、ざまあねえや、町方の旦那が待ち受ける船にわざわざ乗り込んだとは、あっしもヤキが回ったもんだぜ」

円蔵は、絵草紙屋の二階に座らされると、開き直った態度で胡坐《あぐら》を組んだ。

どっちを向いたところで円蔵はぐるりととり囲まれて睨まれている。平七郎に秀太、鉄蔵、辰吉、それに源治が取り囲んでいるのだから、もうどう足掻《あが》いても終《しま》いだと悟《さと》ったようだ。

「そうだ、観念した方が身のためだ。そして何故おちさの家に忍び込んだのかその訳を言え。お前も長い間盗人渡世で生きてきたんだろうが、もうお終いだ。最後ぐらいは潔くするんだな」

秀太が言った。

「ふん、なぜここに町方の旦那方がそろっているんだと思ったんだが、そうかい、旦那方もここに張り込んで鹿之助を待ち受けているって訳だな」

円蔵はせせら笑った。

「円蔵、お前は、鹿之助が今どんなことになっているのか知っているのだな」

「ふん……」

じろりと秀太を見て、鼻で笑った。

「しかし、何故お前が、鹿之助を探しているのだ」

「決まってるじゃねえか、金だよ、金」

「金だと……お前は一味の金を独り占めにしてこの江戸を出て行ったんじゃなかったのか」

「冗談じゃねえや、独り占めにしてたら、今頃のこのこ、こんなところにきやしねえよ」

「すると、金はまだどこかに眠っている、そういうことか」

「そうだ。山分けする前に皆捕まったんだ。銀蔵の奴は用心深い奴だったからな、誰にも金の隠し場所を教えてなかった。だがよ、俺は鹿之助なら知ってるかもしれねえって、そう思ったのよ。鹿之助は銀蔵に目を掛けられていたからな。だからあいつには盗人の現場には立ち会わせてねえ。雑穀問屋の高梨屋の表で見張りをさせたのも、奴をかばってのことだったと俺は思ってる」

「銀蔵に鹿之助をかばう理由があったのか？」

「………」

「おい、何故黙った」

鉄蔵が睨んだ。

「めんどくさくなったんだよ、しゃべるのが」

「そうかい、しゃべりたくねえっていうんだな。あっしが思うに、お前にだってお前を頼りにしている人間がいるんじゃあねえのかい。何も知らずに待っている人間が……」

「………」

円蔵の表情が動いた。鉄蔵はつづけた。

「いいか、ここでお前が、俺たちが尋ねることに素直に答えてくれたなら、お前の心残りをその人に伝えてやってもいいんだぜ。だけども、明日大番屋に連れていかれたのちには、いっさい、そんな願いは聞いてはもらえねえ、それは分かっているな」

諭《さと》すように語り掛けるように鉄蔵は言う。

鉄蔵独得のはったりに違いなかったが、なんとこれが意外に効果があった。

「分かったよ、話すよ、話しゃあいいんだろ」

「もちろんだ」

鉄蔵のその言葉に促されて、円蔵はまた話し始めた。

「鹿之助を悪所に引き込んだのは、この俺だ……」

円蔵が鹿之助と最初に会ったのは、回向院《えこういん》前にある、もぐりの金貸し屋だった。その家の二階は夜は博打場になるのだが、鹿之助は金を借りに来ていたのだ。

支払いの金が足りない。五十両程貸してほしいというものだった。

ところが三十両しか貸せないと店に言われたのだ。店を担保にするのなら貸してやってもいいが、質草《しちぐさ》なしに五十両は難しいと……。

途方にくれる鹿之助に声を掛けたのは円蔵だった。

円蔵は、ここ数年盗人稼業から遠のいていた。親分の銀蔵から便りがこなかったからだ。

そこで円蔵は『鍵屋《かぎや》』というこのいわくある店に雇われて客を誘い入れていたのである。

客を誘うコツは、当座の金に困っている奴、だが処分できる財のあるものと決められていた。

鹿之助は、丁度鍵屋が狙う客の条件にぴったりの人間だったのだ。

「その金で張ってみないか、うまくいけば倍になるぞ」

円蔵は鹿之助に耳打ちした。鹿之助はすぐに反応した。

「何、佐原に実家があるんだが、五十両ぽっちの金が足りないとはいえない。自分でなんとかやりくりしたいんだ」

余程当座の金に困っていたのか、そんな言い訳を並べ立てた。

円蔵の誘いが罠とも知らない鹿之助は、階下で借りた金を持って二階に上がった。

こんなやりかたはこの店の常套手段《じょうとう》で、言葉巧《たく》みに博打場に誘い、最後には店まで乗っ取るという仕組みである。円蔵は安之助から鹿之助のことは聞いていた。

案の定、鹿之助は賭場に借金を作る羽目になったのだ。賭場への借金は百両近くに膨れ上がっていた。

丁度このころ、久しぶりに銀蔵から押し込みの誘いがあった。

円蔵は鹿之助を誘い、銀蔵に会わせたのだ。

銀蔵は鹿之助の素性を調べたらしい。行き詰まっていることは分かった。使えると思ったらしいが、養子に出されたというその一点が、銀蔵の心を摑んだらしい。銀蔵も捨て子だったのだ。

「あんまり親分が鹿之助をかわいがるから癪に障ったんだ」

「そうか、それでお前は、鹿之助を売ったのか。ところが銀ねずみ一家まで捕縛されるとは思ってなかった。計算違いだったたんじゃないのか」

じっと耳を傾けていた平七郎が訊いた。

円蔵は苦笑した。

「そういう訳だからよ、銀蔵は鹿之助だけには金の在り処を教えていると俺は思ったんだ」

いまさらながら悔しい、そんな表情だった。

「しかし良くお前は鹿之助が生きて逃げてるってことを知ったな。誰に聞いたんだ……」

今度は秀太が訊いた。

「俺はあの船が沈没した時に浦賀にいたんだ」

円蔵は意外なことを口走った。

銀蔵は死んだ、一味の者も死んだ。生き残っている鹿之助が遠島となる日を、円蔵は浦賀で待ち受けていた。

ここで船は停泊して役人の調べがある。同時に船積みする物もあるのだ。船は島への商い船が使われている。江戸から各島に運ぶ物資は多岐にわたるから、ここでも積載するものがある。

そこで円蔵は、港の人足に雇ってもらって、流人を乗せた船が立ち寄るのを待っていたのだった。

うまく船に乗り込めば、鹿之助に近づいて、金の在り処を話してもらえる、むろん金の一部はお前さんが話していたおちさという女にも渡してやろうじゃないか、そう持ち掛けるのだ。そうすればきっと鹿之助は自分の話にのってくるはずだ、円蔵はそう考えていた。

「俺も、どうしても金がいった、あの金をあてにしていた……」

円蔵は、ふっと心の中を吐露したのだ。大きくため息をつくと話を継いだ。

ところが、突然大波が押し寄せてきた。これは浜にいた多くの人間も目撃している。

そしてまもなく、流人船ばかりではなく、その時海上にいたすべての船が、あっと言う間に沈んでしまったという知らせが届いたのだ。

あの波を見ていたから疑う余地はない。すぐに海岸にはたくさんの難破した残骸《ざんがい》が流れてきた。むろん遺体もあった。

すっかり諦めた円蔵が、浦賀を離れようとしたその時、一人助かった者がいる。それは流人で鹿之助という者らしいと噂が聞こえてきた。

円蔵は鹿之助がいるという漁師の家に走った。だが、四六時中見張りが何人も立っていて近づけない。

次に日を改めて行った時には、鹿之助が逃げたと大騒ぎをしているところで、この時円蔵はすぐに、鹿之助はおちさに会いに行くと確信したのだった。

「ところが、おちさのところにもまだ現れた形跡はねえ。こちらから聞き出してやろうと思って脅したんだが、ちくしょう、どこまでもついてねえよ……」

話し終えた円蔵は、なんだかセミの抜け殻のように見えた。

「よし、今夜はこれで寝ろ、明日は大番屋だ」

平七郎の言葉を受けて、辰吉と鉄蔵が隣の部屋に円蔵を引っ張って行った。

その時、階下で遠慮がちな音がして、おこうが二階に上がって来た。

「おちささんは落ち着きました。お花さんがいるからもう大丈夫だと、それで帰ってきたんですが、おちささんには侵入してきた賊を捕まえたなんてことは話しませんでした」

「うむ、それがいい。今後のこともある」

「侵入してきた賊のことは全く見たこともない男だと言っていました。鹿之助とつながりがあったなんてことも勿論知らなかったようですし、遠島になってからの鹿之助の消息も知らなかったようです。だから、円蔵が口走った『鹿之助は逃げた』というのが気になると言っていましたね。もしも、鹿之助さんが逃げているのなら、捕まるまでにおっかさんに会わせてやりたいとも」

「鹿之助の母親だと……」

「ええ、人に頼んで調べてもらったようですよ。名はおすみさんとかいうらしいです」

「すると、鹿之助の母親が今どこに住んでいるのか、おちさには分かっているという事か」

「そのようですね。もう少し探ってみましょうか」

「いや、あまりしつこく訊けば、張り込みをしていることに気づくだろう。それはまずい」

「ええ、私もそう思って、根掘り葉掘り訊くのは止《よ》したんですが」

「母親が生きていたとはな……」

平七郎は呟いた。

朝もやに包まれた林の中で、男が鍬を手に懸命に穴を掘っている。着物の裾をはしょり、双肌脱ぎになって、土をかきむしるようにしてひたすら掘り続けている。

時々手を止めて額に滲む汗を拭く。その耳に鳥のさえずりが遠くから聞こえてくる。

男は白い霧のむこうを眺めまわした。慎重に、警戒する目で人影のないのを確かめてから、また穴を掘り始めた。

誰もいない早朝の林の中。そう、ここは銀ねずみ一家が隠れていた古い仕舞屋から一町ほど離れた林の中である。

昔誰かの屋敷があったらしいが、その屋敷は取り払われて庭の雑木ばかりが残されていて、それが林を作っているのだ。

魔物が住んでいると近隣の者は誰も敷地内に入ろうとしないから、五百坪ほどの土地は長い間放置されたままになっている。

男は一度不安な顔で手を止めた。辺りを見渡して何か考えている風だったが、また同じところを掘り始めた。

「あった！」

小さい声だが、歓喜の声を上げて、今手の先に触ったものを確めるべく、鍬を捨てて両の手で土を払い始めた。

やがて男は、縄で十文字に縛っている味噌壺《つぼ》を掘り上げた。男はそれを抱えて掘った穴の縁に座り込んだ。

荒い息をつきながら、すぐにもどかしそうに縄をほどき、壺の蓋《ふた》を開けて手を突っ込んで何かを摑んで引き出した。

小判だった。開いた掌《てのひら》の中に小判が零《こぼ》れ落ちそうに載っている。

「………！」

一人驚喜の顔で小判を手にしているのは、健康そうな肌と、彫りの深い整った顔だちをした男だった。

――これでおちさを救ってやれる。

そう……この男こそ、平七郎たちが総力をあげて探している鹿之助だったのだ。

浦賀の漁師の家から脱走した鹿之助は、途中見知らぬ家の中に入って着物を盗んだ。それが今着ている木綿《もめん》の青縞の着物だが、二、三日は、空腹を抱えて難儀をした。

墓地に入って供え物を食らったり、店の者の目を盗んで餅菓子《もちがし》を盗んだこともあるのだが、五日目には目がくらんで気を失ってしまった。

だが、鹿之助は大工の為吉《ためきち》に助けられて、今為吉が住む佐内町《さないちょう》の長屋に居候《いそうろう》しているのだ。

昔の記憶を無くしたふりをして世話を掛けているのだが、鹿之助の今の名は権兵衛《ごんべえ》という。名無しの権兵衛からとったのだが、付けてくれたのは為吉の女房お春《はる》だった。

ただ、数日は為吉の女房も気を使ってくれたのだが、近頃では鹿之助を訝《いぶか》しい目で見ることがある。鹿之助はだんだん居づらくなっている。

――金の在り処さえ分かれば……。

命拾いをした時に、鹿之助は銀蔵が遺していった三百両の金を探して、その金でおちさを救ってやろうと考えていた。

逃げおおせないことは分かっていたが、その前に自分を産んでくれた母親に会うことができるなら、会ってから島に流されたいとも考えた。

そう考えてみると、自分の命が奇跡的に助かったのは、神仏がそれを許してくれたからじゃないかと思えてきた。

島送りになって生きて再び江戸の地を踏める保証はない。それならば、逃亡したことで捕まって、仮に銀蔵のように首を刎《は》ねられても、心残りを解消するべきだ。

漁師の家で傷ついた体を横たえながら、鹿之助はそんな事を考えていたのである。

銀蔵が隠した金を、円蔵が我が物にして逃げたとは思わなかった。

小伝馬町の牢屋に入った時、鹿之助は銀蔵と同じ部屋に入ったのだが、自分が獄門《ごくもん》になると悟った銀蔵が、鹿之助に密かに耳打ちしてくれたからだ。

「おめえは、江戸払いだろうよ。いいか、金は鼻欠け地蔵が立っている林の中に埋めてある、お前の好きにしろ、おめえは生きて人並みの幸せを摑んでくれ」

銀蔵はそう言ったのだ。その時鹿之助は、聞いてはいけない事を聞いたような気がして身震いした。

ところが鹿之助は銀蔵の予想とは違って遠島になった。

その時点では金のことなど念頭になく、どうすれば生き延びられるか、そればかり考えていた。

――まさか、すっかり忘れていた金を探すことになろうとは……。

為吉の家で厄介になりながら、鹿之助は毎日この林の中にやって来て、銀蔵が埋めたと言った金を探していたのである。

そして今日、念願の金を掘り当てたのだ。

鹿之助は、壺の中から三十両を数えて取り出すと、腰に付けていた手拭いに包んで懐に入れた。

ふっと考えて、もう一枚、一両小判を取り出して、それは袂《たもと》に入れた。

そして壺の蓋を閉めると、懐から風呂敷包を出してそれに包み、元の穴にまた壺を埋めた。

昨年積もった枯葉をその場所にちりばめて、近くにある枝に壺を縛っていた縄を掛けた。

——これでよし……。

鹿之助は、人の目につかぬように林を這い出た。

霧はようやく晴れるところだった。

十一

「ねえ、おまえさん、あの人、何時までここにいるのかしらね」

佐内町の裏長屋に戻って為吉の家の腰高障子《こしだかしょうじ》に手を掛けた鹿之助は、お春の声を聞いて、その手を引いた。

「気の毒だとは思うけどさ、うちだっていつまでも置いとくって訳にもいかないじゃない」

「追い出せっていうのか……昔のことを忘れてしまった権兵衛に出て行けって」

為吉の声だった。為吉はお春を咎めるような声色《こわいろ》だ。

「だって……ご飯だって何だって一人増えればどうなるか、おまえさんの稼ぎだって決まってるんだから」

「ちぇ、嫌なことをいう女だな、分かったよ、もう少し金のとれる仕事をするからよ、もうしばらく置いてやれ」

「あんたは人が良すぎるから……もしもあの人が、お上に追われるような人だったら、どうするのさ」

外で聞いている鹿之助はぎょっとした。俄かに険しい顔になって聞き耳を立てる。

「いうに事欠いて、おめえは何を言いだすんだ」

「だって、日本橋の高札場に張り紙が出てたんだよ。お尋ね者の人相書きがさ、その顔が権兵衛さんにそっくりだったんだから」

「まったく、いい加減なことを言うんじゃねえぜ、言っていいことと悪いことがあるんだ」

「だって似てたんだもの、それで側に立って高札を読んでいた人に訊いたらば、なんでも二十日ほど前に難破した船に乗っていた流人の一人で、今逃げていて行方が分からないんだって」

「お前なあ、人相書きなんていい加減なもんだぜ、そんなものを信じて権兵衛を追い出せるか……俺はそんな薄情なことは出来ねえ。よおく見てみろよ、権兵衛の顔をよ、あの顔のどこが罪人なんだ……流人てえのは余程悪いことをした人が受ける罰だ。権兵衛の顔はこんな長屋に暮らすような顔じゃねえぜ。俺は、ひょっとして、どっかの御落胤《ごらくいん》ではないかとさえ考えているぐれえだ」

「まあたおまえさんの、突拍子《とっぴょうし》もない話が始まったね」

「俺は権兵衛を信じている。おめえも、詰まらねえことを考えるのはよしな。権兵衛だってそのうち、何か仕事を見つけてくるだろうよ。そうすりゃ、ここを出て行くんだから」

為吉はそういうと、肩に大工道具を担いだ。

「今日は少し遅くなる、先に飯は済ませてろ、権兵衛と一緒にな」

為吉は戸を開けて出かけて行った。

鹿之助は、空き家になっている隣の家の中で為吉の出かける足音を見送った。

——もう、ここにはいられないな。

お春の話が本当なら、うかうか外を出歩くのも危ない。

そんな事をあれこれ考え始めた鹿之助の耳に、お春の独り言が聞こえた。

「流人を見つけた者は届けよ、金一封を授ける……金一封って、いくらかしら……」

しばらくしんと静まり返っていた。だがまもなく、

「お上に逆らっては、こっちだってどんなことになるか……」

お春の声が聞こえて、お春は思い立ったように出かけて行った。お春は番屋か町奉行所に届けるつもりらしい。

「…………」

鹿之助は、愕然《がくぜん》として上がり框《かまち》に腰を掛けた。

まさかお春に売られるとは……考えてもいなかった。だがそれは、無理もない事だった。

だいたい、何も知らなかったと言っても犯罪者を宿泊させたり匿《かくま》ったりすれば、相応の刑罰を受ける。そういう前例は幾つもあった。

不安になって密告に走ったお春を責めることは出来ない。薄情な人間でない事は、鹿之助がここにやって来た時のことを思い起こせば良く分かる。

鹿之助の脳裏には、為吉の肩につかまって、この長屋に転がり込んだ日のことが浮かんでくる。

「しっかり食べておくれよ、遠慮はいらないからね」

あの時お春はそう言って世話をしてくれたし、

「なあに、遠慮はいらねえや。うちは貧乏だが、それさえ我慢してくれりゃあ、心も体も元気になるまでここにいてくれていいんだぜ。ひとつだけ言っとくが、お春にだけは惚《ほ》れてもらっちゃあ困るがな。困ったことがあったら何でも言ってくれ、おいらのできることなら手を貸すからよ」

冗談を交えて為吉もそう言ってくれたのだ。

鹿之助は為吉夫婦に名無しの権兵衛などと呼ばれながら居候し、毎日あの林に出向いて金の在り処を探していたのだ。

――だがもう、世話にはなれない。これ以上為吉夫婦に迷惑は掛けられない。

鹿之助は、袂に落としてきた一両の小判を取り出して握りしめると立ち上がった。

長屋の路地に人の気配がないのを確かめると、そっと空き家を出た。そして為吉の家の戸の隙間に、一両を差し込んだ。

――為吉さん、お春さん、ありがとう。

鹿之助は心の中でそう告げると、足早に長屋を後にした。

その頃、平七郎と鉄蔵は、駿河台《するがだい》にある三千石の旗本、村岡宗一郎の屋敷にいた。門番に、おすみという女中に会いたいと告げると、中の口で待つように案内されて、今二人はそこの寄り付きに座っている。

屋敷の坪数は一千坪はあるだろう。物音一つしない屋敷の静けさが、かえって屋敷の広さと部屋数の多さを想像させた。

平七郎などが暮らす同心の役宅とは大違いだ。

「お待たせをいたしました。台所を預かっております、おとらと申します」

まもなく平七郎たちの所に現れたのは、五十前後の古参の女中だった。

平七郎と鉄蔵が改めて名を名乗り、おすみの名を出すと、

「おすみさんは、もうここにはいませんよ。ずいぶん昔にここを出て行きましたから」

とおとらは言った。

「今、どこでどうしているのか知っていれば教えてほしいのだ」

「何か、お調べなのでしょうか」

おとらの顔が険しくなった。

「いや、あらたまった調べということではないのだ。おすみという人に会わせてやりたい人がいてな、頼まれて探している」

「でも、お奉行所のお役人がお探しとなれば……」

おとらという女は得心のいかない顔である。

「つい最近も、おすみさんの消息を探しているのだと言って来た人がいましてね」

おとらは迷惑そうな顔をした。

「ふむ」

平七郎は息ひとつついたのち、

「迷惑はかけぬ。実は二十四、五年も前の話だが、こちらに奉公していたお女中が、子を宿して屋敷を出た、という話を聞いてな。その赤子が、俺の知っている人なんじゃないかと……」

「お役人さま」

おとらの顔色が変わった。おとらはあたりを見渡すと、

「そのような話をここでは出来かねます。一刻のちに昌平橋《しょうへいばし》袂でお待ちください」

という。

「承知した」

平七郎と鉄蔵は、それで村岡の屋敷をあとにした。

おとらは約束通り、一刻後に昌平橋の袂にやって来た。風呂敷包を抱えて、どこかに所用の格好である。

「あまり時間はございませんが……」

そういうおとらを、平七郎は須田町《すだちょう》のしる粉屋に誘った。

「私、おすみさんとは同輩で、仲良しだったものですから」

そう前置きすると、

「おすみさん、確かに赤ちゃんがお腹に出来てお屋敷を出て行きましたが、私は、おすみさんが産んだ赤ちゃんが、その後どうなったのか知らないのです」

と言った。

「男の子か、女の子かは、知っているのか」

「はい、それは……私、一度、赤ちゃんが生まれたばっかりの時に様子を見に行ってますから……男の子でしたね」

「ふむ、生まれた子は、お屋敷の殿様、先代彦四郎さまのお子だな」

「………！」

おとらは、はっとして平七郎を見た。

平七郎は頷くと、

「そしてそのお子は、養子にやられた……」

「確かに、立花さまがおっしゃるように、おすみさんが産んだ赤ちゃんは、お亡くなりになった殿様のお子でした。でもそのことを知っているのは、お屋敷でも数人です。箝口令《かんこうれい》が敷かれたのでしょう。女中の中でも知っているのは私一人、それは、おすみさんから直接聞いたからなんです。おすみさんはお殿様の意を汲《く》んで、黙ってお屋敷を出たんですから……でも、生まれたお子が、どこに養子にやられたのか、気の毒な話ですが、おすみさんさえ知らないことだと思いますよ」

「そうか、何も知らぬのか」

「ええ、私がおすみさんから聞いたのはこうでした。鹿之助の行き先は殿様がお決めになることですから、鹿之助のよいように、きっとそのように考えてくださった筈ですからと……そう言ったのです」

平七郎と鉄蔵は驚いて顔を見合わせた。

「その子は、鹿之助という名であったのだな」

「はい。殿様が命名なさったと聞いています。せめて自分にしてやれることはしてやりたいとおっしゃったと聞いています」

「平七郎さま……」

鉄蔵は心を動かされたのか、思わず声を上げた。

村岡彦四郎は鹿之助を信ずるに足る領地の長、三郷孫左衛門に預けるという処置をとったのだろう。

また佐原の三郷孫左衛門も自分の地を領する殿様の意を十分にくみ取って鹿之助を受け入れ、またその名もそのまま名乗らせていたことになる。

旗本の家の勝手で捨てられるように母親が家を出され、生まれた子も厄介者のように養子に出されたのだという、これまでの勝手な解釈が、少し違っていたことを、平七郎はおとらの言葉に感じていた。

「お子の名が鹿之助というのなら間違いないな」

平七郎は、けっして二人に悪いようにはしない、私を信じて母親の住処を教えてほしいと、おとらに理解を求めた。

おとらはじっと平七郎の顔を見ていたが、分かりましたと頷いた。

「おすみさんは、今は立派に店を構えて、それも女一人で頑張って暮らしています。京橋《きょうばし》の南側に与作屋敷《よさくやしき》っていう町がありますが、そこで小間物屋をやっています」

「そうか、小間物屋をな」

「はい、それと立花さま」

おとらは改まった顔で言った。

「先にもお話ししましたが、せんだっても、おすみさんの所を聞きに来られた人がおります。多喜次さんておっしゃる方で、つい先年まで御用聞きをしていたという話でした。私には少し戸惑いがあったのですが……おすみさんの事を話してよいものかどうかということです。でも鹿之助さんが生きるか死ぬかの瀬戸際で、ぜひにも会わせてやりたいなどと思っている人の頼みだと言われて、結局多喜次さんて人にもおすみさんが暮らしている町はお知らせしました。この二十数年、一度もおすみさん母子のことで訪ねてくる人なんていなかったのに、それが立て続けにおすみさんの所を知りたいとおっしゃる。それも、元御用聞きをしていた人や立花さまのような方に尋ねられると、私もまったく知らないとも言えません。ですからお知らせしましたが、立花さま、けっして、おすみさん母子に辛い思いをさせるようなことはなさらないでくださいね」

おとらは懇願するような目で言った。

「むろんだ、約束する」

平七郎は頷いた。そして、

「手間をとらせてすまなかった」

おとらに礼を述べて、鉄蔵と二人、しる粉屋を出た。

「平七郎さま、おとらさんが言っていた多喜次って男は知ってますぜ」

歩き出してすぐに鉄蔵が言った。

「誰の手下だったんだ？」

「南町の堂本敬一郎《どうもとけいいちろう》さまです。堂本さまがお亡くなりになって御用聞きは辞めたんですよ。歳はあっしと同じぐれえです」

「おちさが頼んだんだな」

「そうだと思いやす。おちさは誰かを介して頼んだんでしょうな。まっ、御用聞きもいろいろですが、多喜次は信用のおける人間ですから、何も案ずるようなことはないと存じやすが」

「うむ」

鉄蔵の話に頷きながら、

――鹿之助がおちさを通じて母の所在を知ったなら、きっと会いに行くに違いないな。

と平七郎は思った。

十二

「どうぞ、遠慮なく、旦那様からです。おちさを助けてくれたそのお礼だとおっしゃって」

お花婆さんは、塗りの重箱三段重ねを辰吉の前に置いた。

「これって、もしかして八百善のじゃないの？」

辰吉は驚いた。なにしろ重箱に金箔《きんぱく》の字が入っていて『八百善』とあるからだ。

「そのようです。旦那さまがお取り寄せになったのです」

「いいのかい……」

辰吉は、思わず生唾《なまつば》を呑み込んだ。

お花婆さんはそれを見てにんまり笑うと、

「いいに決まってますよ。なにしろ旦那さまは、おちささんが第一、おちささんといるのが、今じゃ生きがいなんだからさ。背中がかゆいと言えば掻《か》いてあげるし、肩が凝ったといえば肩をもむ。夜だってあんた、おちささんを離しゃしないんだから、正直なところ、いくらあたしが婆だといってもさ、やってやれませんよ、うふふ」

結構楽しんで観察しているようだ。

「で、あれから旦那は、ずっと居続けかい」

辰吉は、ちらとおちさの家の方を見て言った。

「そうさね、自分がついてなきゃ、おちさに万が一のことがあってはと、帰る気配はこれっぽっちも」

指で、ぽっちと表してみせる。

「しかし、それじゃあ、おちささんは息抜きも出来ねえな」

「そうなのよ、おちささんは、昨日も今日も、京橋あたりに出かけて行きたいっていうんだけどさ、旦那が駄目だって……行くんなら自分と一緒に行こうなんて」

「へえ」

「それじゃあ息抜きなんかできっこないのに、あれはやきもちだね。今までは結構ほったらかしで、何時みえるのか分かったもんじゃなかったのに。ほら、辰吉さんのようないい男がさ、すぐ目の前に引っ越してきたから気が気じゃないのさ」

「そうかな」

調子のいいお花の言葉に、辰吉は苦笑いしてみせた。

「そうよ、まったくね、うちの旦那さまを見ていると、男は幾つになっても色香とは離れられないようだね」

お花婆さんは、言いたいことだけ喋《しゃべ》りまくると、

「じゃあね、お重はあとでうちに持ってきてくれればいいですからね」

ひょこひょこと、おちさの家に帰って行った。

「おい、早速食べようじゃないか」

秀太が二階から下りてきて言った。だがすぐに、

「辰吉……」

緊張した声を出した。

その目は、おちさの家を凝視《ぎようし》している。

家に入りかけた婆さんが、少年から何か受け取っているのが見えた。

「手紙だな」

「そのようですね」

二人は相槌を打った。

お花婆さんは、少年から手渡された物を握って家の中に入って行った。

そしてその少年が、二人のいる店の前を通って行く。

秀太は辰吉の肩をとんと叩くと、店を出た。

少年は、三谷橋を渡ろうとしている。

「おい、待ちなさい」

秀太が呼び止めると、少年は振り返った。怪訝な顔で秀太を見た。

「いまさっき、婆さんに渡した物は、手紙か……」

少年は、こくんと頷いた。

「誰から頼まれたんだ」

「男の人です」

「どんな」

「どんなって、お侍さんぐらいの歳の人です。頼被りをしていました」

少年は困った顔で、ぶつぶつ話した。

「駄賃《だちん》をやるからって……おちささんという人に渡してきてくれって言われたんです
……」

「そうか、それで、どの辺りで頼まれたんだ、あっちか……」

三谷橋の方を指さした。

「はい」

秀太は、慌てて三谷橋に出た。

辺りを見渡したが、それらしい人は見えない。

更に三谷橋を渡ってみたが、やはり頬被りをした者は目につかない。

「駄目だ、もういないな……」

肩を落として店に戻ると、待っていた辰吉に首を横に振って無念の顔をしてみせた。

だが実はこの時、秀太が三谷橋を渡って店に戻るのを、物陰から見ていた頬被りの男がいたのだ。

頬被りの男は、秀太の姿が橋の上から消えると、物陰から出て来て被っていた手拭いを取った。

鹿之助だった。鹿之助は、三谷橋のむこうをじっと見つめたが、くるりと踵を返すと引き返して行った。


その頃おこうは、京橋を渡って与作屋敷の町に入った。

山谷の見張り屋敷から一文字屋に帰ってきたおこうのもとに鉄蔵がやって来て、おすみという人に会って来てもらえないかと言ってきたからだ。

一文字屋は辰吉がいないとおこうの仕事が増えて忙しい。

だがおこうは、鉄蔵が持って来た話を引き受けた。

少しぎくしゃくしていた平七郎との関係が、こうして事件にかかわることによって、元のような間柄になれれば嬉しい、と思っているからだ。

一文字屋と立花家との関係は、父の代からのことだ。その信頼しあった関係を壊してしまっては亡くなった父に叱られる。

――二人の間がこの先どういう事になっても。

そのことだけは、一文字屋を父から預かった娘として、守って行きたいと考えているおこうである。

「またお立ち寄りくださいませ」

おこうは、視線の先で女客を送り出す四十半ばの、ぽっちゃりした女を見て立ち止まった。

女が見送る店先には『袋物、櫛《くし》こうがい、大福帳、小間物いろいろ』などと書かれた半紙が下がっていて、箱看板には『小間物』の文字が見える。

――あの人がおすみさんか……。

おこうは、目が合った女に微笑して近づいた。

「いらっしゃいませ」

女はおこうを店の中に案内した。

「まあ……」

おこうは目を見張った。

店の中には、実に趣向を凝らした袋ものや櫛にかんざし、こうがい、紅白粉《おしろい》などが置いてある。その一つ一つが、ありきたりの物ではない、斬新で女らしい商品だった。

「うちの店は、一点一点が、ここにしかない品です。しかも、ここにある商品は、みんな女たちが作った作品です。ですから、とても使いやすいって評判がよろしいんですよ。女の物は女じゃなきゃ、使い勝手が分かりませんものね。ほら、この紙入れをご覧くださいませ。小さな手鏡がほらっ……」

女はにっこり笑って、紙入れから手鏡を取り出した。紙入れ自体は京縮緬《きょうちりめん》でしつらえたものだが、紙を入れるところとは別に、手鏡がすとんと入るような袋がある。

「お嫁に行くお友達のお祝いに差し上げたり、もちろん自分がぜひ使いたいっていうお客様もいらっしゃいます」

おこうはあれもこれもと目移りするのに任せて手に取って品物を見ていたが、

「心配りが素晴らしいですね。使う人の気持ちを大切に一点一点作られているのが素晴らしいと思います」

「ありがとうございます」

おすみは礼を述べると、上がり框に腰を掛けるように、おこうに勧めた。おこうは頷いてそこに掛けると、差し向かいにすわったおすみに、にっこり笑って言った。

「いかがですか、一度うちの読売に出してみませんか」

「読売、にですか」

「ええ、うちは二枚刷りで出しているんですが、紙面の隅に小さな枠で、商品やお店のお知らせを始めました。引き札などというものは大々的でお金もかかります。なかなか小さな店が出せるものではございません。それに比べて読売なら、一分もあれば十分です」

「ええ、でも……うちはそんなに大きな商いではございませんから」

「でも今お聞きしたところでは、女たちに限って、女たちの暮らしを支えようとなさっていると」

「ええ」

「私も女だてらにお店をやっております。ですから……協力できたらと思いまして」

「ええ……」

おすみはまだ怪訝な表情である。

「実はですね、正直に申しますと、今日はお尋ねしたいことがあってこちらに参ったのです」

「なんでしょう」

「私の知り合いが、佐原に参りました時に、佐原の長の三郷家に養子にやられたお武家の御子息の話を聞きましてね、鹿之助さんというのですが……」

「鹿之助さん……」

おすみの表情が一変した。

「お心当たりはございますか」

「いえ、ございません」

「おかしいですね、いろいろと調べておりましたら、その鹿之助さんというのは、駿河台の御旗本村岡さまの外腹のお子だということでした。北町のお奉行榊原さまのお世話で、佐原にご養子に出されたのだと……」

じっとおすみの顔を窺《うかが》う。

「知りません、存じません」

おすみは血相を変えて否定した。

「でも、おすみさんも村岡さまのお屋敷からお暇を頂いたのでは……それも、お腹にお子ができたからではなかったのですか？」

「まさか……」

おすみは笑ってから、

「そうでも言わないとお暇を頂けなかったからです」

「おかしいですね、おとらさんて方にお聞きしたんですけどね。村岡さまのお子だったと……」

「知りません。おとらさんの覚え違いだと思います」

「そうでしたか、それなら仕方がありませんね。私は鹿之助さんの母御を探して、鹿之助さんに会わせてやりたい、そう思って、おすみさんに確かめたくて参ったのですが……そうですか、人違いでしたか」

おこうは立ち上がった。

「お待ちください」

おすみは呼び止めると、

「私も村岡さまのお屋敷に奉公していた身でございます。他人事《ひとごと》とは思えません。その、鹿之助さんというお人は、元気でお暮らしなんでしょうか」

「ええ、お元気です。お元気ですが、でも少し事情があって」

「…………」

おすみは、その先を訊こうとはしなかった。しかし訊きたい気持ちを必死に堪えているのは分かった。

――おすみさんは鹿之助さんの母親に間違いない。

おこうは確信して店を後にした。

十三

「久しぶりだな、立花……」

何かを炒《い》っていた一色弥一郎《いっしきやいちろう》が、廊下に現れた平七郎を見て、にやりとして言った。

「何か御用でしょうか」

平七郎は座敷の中に入って座った。この忙しい、手の離せない時に、なぜ呼びつけるんだという気持ちは隠しきれない。声には不満の色が混じっていた。

「なんだその言い方は……私が声を掛ければ同心連中は皆喜んで来るというのに、お前だけがその迷惑顔だ。何か腹にためた事でもあるのか」

早速不服そうに一色は言った。

「いえ、けっしてそんなことは……何かと忙しくしておりますから」

「それはこっちだって同じことだ。非番と言ったって、調べは続いているのだ」

「承知しております。ですから参ったのです。御用件をお聞きします」

「まあそう、せっつくな」

一色弥一郎は、近くに来いと手招きした。

しぶしぶ近づくと、箸で焙烙《ほうろく》の中を指す。そして訊いた。

「これは何か知っているか……」

それは殻《から》つきの物だった。食べたことはなかったが、見たことはある。

「唐豆《からまめ》でしょうか」

「あたり……一般には南京豆《なんきんまめ》という」

一色は嬉しそうにそういって、焙烙を火鉢《ひばち》から降ろすと、箸で数個を懐紙《かいし》に置いて、ころころさせながら熱を冷まし、その一つを、

「お前に食べさせてやろうと思ってな」

にっと笑った。

「結構です。そういうことなら、失礼します」

立ち上がろうとするのに、

「待て、お前は上役に逆らうか」

「別にそんなつもりでは」

「ではそこに直れ、そしてこれを食せ」

自分もふうふういいながら、南京豆を食べる。

一刻も早く帰りたい平七郎は、仕方なく手にとって殻をむき、口に入れた。これが意外とうまいと思った。

「いけるだろう。お前のいう通り、これは海を渡ってやってきたものだが、この日本でも栽培されている。と言っても、その土地で食べるぶんだけらしいが、どこで栽培されているか、存じておるか」

謎かけをしてきた。

平七郎は、心の中ではいらいらしながら、

「存じません」

と返した。知るわけがない。

するど一色は楽しそうに笑った。

「お前が知らない……愉快愉快、では教えてやろう。今これを人知れず栽培しているのは、東海道筋《とうかいどうすじ》の大磯《おおいそ》と平塚《ひらつか》から見える高麗山《こまやま》で暮らす人たちだ。そこに住む人の公事《くじ》があってな、無事決着がついたところで貰ったのだ。貴重な食べ物だぞ、心して食せ」

「もう十分いただきましたので」

「何を言ってるのだ、まだ一つか二つだろ……せっかくお前と食べようと思ってだな」

「ありがたいのですが急いでおりますので、これで」

立ち上がると、

「待て待て、そう慌てるな、肝心な話はこれからだぞ」

ようやく一色は仕事の顔に戻って平七郎を見た。

「お前は、流人船が難破して、商人や役人が皆亡くなったが、一人流人が助かった話は聞いているな」

「はい」

「その男が逃げていることも」

「らしいですね」

「らしいだと……お前もしらばっくれて、円蔵を捕まえたのはお前じゃないか」

一色は、くっくっと笑って、

「円蔵の調べは私が担当している。その円蔵を調べていて分かったのだが、あの時奪った金は、全部銀蔵がどこかに隠したらしいというのだな」

「なるほど」

とぼけるのも表情を読まれはしないかと、平七郎はひやひやしている。

「それを聞いた雑穀問屋の高梨屋が、もしもお金が全額返ってきたら、罪は問わないという訳にはいかないものかと言ってきたんだ」

押し込みに遭った高梨屋にしてみれば、三百両は大金でお店の痛手になっている。銀ねずみ一家が捕まった時、金を返してもらえるかと期待したらしいが、一味はそれを明かさずに死罪となった。

ところがまだ逃げている円蔵という者と、船の難破から命拾いをした鹿之助という者がいることを知り、

「その者たちが金の在り処を白状して金が手元に戻ってきたら、罪は問わないことにしてもらえないものか、と言ってきたのだ。確かに高梨屋のいう通り、罪は問わない

と言ってやれば白状はしやすい」

「しかし、円蔵は知らないでしょう」

「そこだ。あとは逃げている鹿之助を捕まえて訊くしかないのだが、南町がやっきになって追っている」

一色は、机の上から一枚の人相書きを取って平七郎の前に置いた。

鹿之助の人相書きで、各高札場に貼るものだった。

「高梨屋はわしの知り合いでな。できればこっちが先に鹿之助を捕まえて聞き出したいと思っている」

「…………」

意外な展開になってきた、と平七郎は思った。

「どうだ、頼まれてくれんか」

「…………」

「もしも南町より先に捕まえてくれたら、手当も出るぞ」

「手当は結構ですが、罪人一人、罪一等減じられるというのなら」

「そうか、頼まれてくれるか」

一色は、得たりという顔で言った。

その頃、山谷の店では動きがあった。

なんとおちさが、居続けていた蠟燭問屋の儀兵衛が引き上げると、それを待っていたように町駕籠を呼んだのである。

「出かけるぞ」

店の二階で張り込んでいた秀太は言った。

鉄蔵も窓から覗き、秀太に頷いた。

二人は急いで階下に下りた。

「辰吉、後を頼むぞ。源さんは平さんを船に乗せて行ったから、お前一人だが、ぬかるなよ」

そう言いおくと、秀太はおちさが乗り込んだ町駕籠の後についた。

町駕籠は三谷橋を渡ると、浅草聖天町に出て花川戸を経て浅草寺に入った。

「しかし、ずいぶん軽そうな駕籠ですね」

鉄蔵が呟いた。

日は西に傾《かたむ》いて、浅草寺の境内《けいだい》には背の高い木々が長い影を落としている。この時刻になると、さすがに人の往来は少なくなる。

軽快に行く町駕籠を追って二人は浅草寺の中に入った。

「今度は菓子餅か……」

鉄蔵が呟いた。

町駕籠は、浅草寺境内で店を出している草餅、団子の屋台の前に止まったのだ。

だが、町駕籠から誰も下りてはこなかった。それどころか、町駕籠は、なんと境内をぐるぐる回ったのちに、客を拾ったのだ。

「なんだいったい」

秀太は町駕籠のもとに急いで駆け寄ると、

「おい、お前たち、山谷で乗せた人はどうしたのだ」

きょとんとした顔でこっちを見た町駕籠の駕籠かきに訊いた。

「山谷で乗せた人……ああ、最初から誰も乗ってはいませんよ」

けろっとして言う。

「何、じゃあどうしてこんな所までやって来たのだ」

「頼まれたんですよ、一刻ほどあちらこちらを走ってくれって、手当もたっぷりいただきやしたからね、それで……」

「なんだって」

秀太と鉄蔵は、慌てて山谷に引き返した。だが、もうそこにおちさの姿があるはずがない。

「やられたな……」

秀太は地団太《じだんだ》を踏んだ。

「はい、おちさには、とうの昔に気づかれていたんでしょうな。とにかく、引き返しましょう」

二人は肩を落として引き返した。

その頃おちさは、聖天町にある出会い茶屋で、鹿之助と会っていた。

二人は今、雨に打たれ、濡《ぬ》れた羽を広げて休む鳥のように、上体を重ねあい、相手の鼓動を確かめるようにじっと耳を澄ませていた。

おちさは、斜《なな》め向かいに出来た辰吉の店が、実は自分を見張る店ではないかと気づいていた。

見知らぬ男が家に押し入ってきた時のことだ。おちさを助けに飛び込んできてくれた絵草紙屋の人たちは、あまりにも手際が良かった。

おかしいなと思っていると、翌日、その男は番屋に引っ張られて行ったようだ。お花が番屋に問い合わせてみると、北町奉行所のお役人が捕まえたのだと言ったらしい。

そこで初めて、自分が見張られているのだと分かったのだ。

一刻も早く鹿之助に会って、おっかさまの住む町を知らせてやりたい。そう思っていたところに、鹿之助から文が来た。

それにはこの出会い茶屋の名が書いてあったのだ。

――お前が来るまでここで待つ――

鹿之助の手紙には、そう書いてあった。

それで今日山谷の家を出て来たのだが、見張っている役人を撒《ま》くために、おちさは町駕籠に頼み、役人の眼を攪乱《かくらん》したのだった。

おちさは起き上がった。長居は無用だった。

「鹿之助さま、おっかさまの居所をお知らせします。それをお伝えしたくて、あたし、ここに来たのです」

鹿之助も起き上がった。

「すまない……」

鹿之助は、おちさの手を取って握りしめた。

「鹿之助さんのおっかさまの居所は、京橋南の与作屋敷です。小間物屋をなさっているようです。お名前はおすみさん……」

「恩に着る」

鹿之助は、おちさを抱きしめた。

おちさに会い、そしてそのうえで産みの母に会うことが出来たなら、再び遠島になっても心残りはない。

「おっかさまに会えたら、会えたら、逃げて」

体を離したおちさは言った。悲痛の顔を向けている。その相貌《そうぼう》には涙が膨れ上がっていた。

「おちさ……」

再び抱きしめられたおちさは、涙でくぐもった声で言った。

「どこかで生きていてくれる、あたしはそれだけで生きられます。お願い、きっと逃げてね、鹿之助さん」

鹿之助は、しっかりと頷いた。そうすることで、おちさの心が軽くなるのならそれでもいいと思ったからだ。

そして、腹巻のようにして腰に付けていた手拭いを引き寄せると、その中に包んであった三十両を取り出しておちさの手に握らせた。

「鹿之助さん……」

　驚くおちさに、

「このお金で旦那と縁を切るんだ、そして佐原に帰って佐太郎の力を借りてやり直してくれ」

「いりません」

　突き返そうとしたその手を、鹿之助はぎゅっと握って押し戻した。

「私が命を懸けてやったことだ。この金をお前に渡そうが渡すまいが私の遠島は変わりない。いや、遠島どころか死罪になるかもしれないんだ。だからこれだけは聞き届けてくれ。でないと私は、死んでも死にきれないじゃないか」

「鹿之助さん……」

「おちさ……」

　二人は今生《こんじよう》の別れと悟って抱き合った。

　おちさの脳裏に、つい半刻まえにここに入って来た時の事が頭をよぎった。

　ここに訪ねて来たおちさに、その時鹿之助は、

「会いたかった……」

　ただそう言っただけで、おちさを強い力で引き寄せた。

「駄目よ、一刻も早く、遠くに逃げて」

おちさは、鹿之助の力を押し返そうとした。

——今にもここに役人が飛び込んでくるんじゃないか……。

その恐怖に、おちさの頭の中は包まれていたのである。だが、

「私は遠島になっていたんだ。船が沈んで運よく助かったが、捕まれば最後だ」

鹿之助はおちさをその場に倒して襲い掛かって来た。

——こんな鹿之助さんは見たことない。

こんな所まで鹿之助を追い込んでしまった自分の罪を、おちさは申し訳なく思った。最初に鹿之助を佐太郎から紹介して貰った時、

——この人なら財力も地位もある。

そう思った事で、鹿之助の心を自分に向けさせることに懸命になった。鹿之助はすぐに自分に興味を持ってくれたのだ。

佐原の長、三郷家で跡取りとして育った鹿之助は、世間知らずで容易に人妻のおちさの心の誘いに応《こた》えたのである。

——罪は私にある。私の方が罪は深い。

そう思うと、こうして国を追われ、この江戸で罪人となってしまった鹿之助が哀れ

で仕方がない。

——せめて……。

おちさは、鹿之助に体を委《ゆだ》ねた。

おちさは、鹿之助が命を落とすようなことになれば、自分だって生きてはいられないと決意していた。

——だがもう猶予《ゆうよ》はない。

おちさは、ふっと我にかえって鹿之助の体を離した。

「鹿之助さん、早く……」

鹿之助は、じっと哀しい目でおちさを見詰めていたが、すぐに険しい顔に戻ると、大きく頷き、着物を整えると、急いで階下に下りて行った。

おちさは、泣き崩れた。鹿之助の無事を祈った。

十四

おすみは、小間物屋の暖簾を仕舞いにかかったが、ふと手を止めて左右を行き交う人の流れに目をやった。

「やっぱり気になるようですね」

鉄蔵は平七郎に囁いた。

「うむ」

平七郎は頷いた。

物陰からおすみの姿をとらえながら、おこうの報告を思い出していた。

「間違いないと思いました。鹿之助さんはおすみさんの子、いくら否定しても私には分かります」

おちさの尾行に秀太と鉄蔵が失敗したが、そのことはかえって、おちさが鹿之助と会ったという証明にもなった。

おちさと会うところを押さえるつもりではいたのだが、それに失敗した今、鹿之助がおすみを訪ねてくるのを待つしかなかった。

むろん、山谷のおちさの住まいも秀太に張り込ませている。正直鹿之助がどちらに現れるのかは分からない。

今日の昼間におちさに撒かれたからと言って、それが鹿之助との逢瀬《おうせ》だったと考えるのはこちらの推測で、まだ鹿之助には会ってないのかもしれないのだ。

平七郎の調べでは、鹿之助が銀ねずみ一家の見張り番を引き受けたのは、確かに円蔵に言葉巧みに誘われたからかもしれないが、店が左前になり資金繰りに困っていたことと、おちさを助けてやりたいという気持ちが鹿之助にあったことはまちがいない。

今や、店はもう潰れて手当の仕様もないが、おちさなら助けてやれることができると考えている筈だ。

おちさに会いにこないという事はない、平七郎はそう踏んでいる。だからこそ、

「今度こそドジを踏んでもらっては困るぞ」

秀太にそう言いおいて、鉄蔵と二人、この与作屋敷という町にやって来たのであった。

「平七郎さま」

鉄蔵が、懐から竹の皮の包を取り出した。

「又平爺さんの弁当です」

竹の皮を開けると、握り飯が四つ入っている。

「この半月、ずっと握りだな」

平七郎は苦笑して握り飯を取った。鉄蔵にも勧めて、二人は前方を睨みながら呑み込むようにして握り飯を食べた。

素早く鉄蔵が、竹筒に入れてきたお茶を差し出す。それを受け取る平七郎の横顔を

見て、鉄蔵の心は満たされていた。

いつかの場面が又ここにある。そう思うと、限りのあることとはいえ、手下として働くことに喜びを感じていた。

「まもなく日が落ちるな」

平七郎が西の空をちらと眺めて呟いた。

「へい」

鉄蔵は頷いて西の空に視線を投げた。

赤く焼けた空が暗くなってきている。

鹿之助が現れるとすれば、夜のとばりが落ちて人の行き来が途絶えた頃だろうと平七郎は言っていたのだ。

果たして、四ツの鐘が鳴り終わった頃だった。

小間物屋の店の前に黒い影が立った。

「平七郎さま……」

鉄蔵が声を掛けた。

「うむ……手筈通りにな」

平七郎は念を押した。

黒い影は、ほとほとと戸を叩いた。

しばらくして、手燭を持ったおすみが、戸を開けて現れた。

「すみません、どうしても大福帳が今夜のうちに入用となったものですから……」

黒い影は言った。声は若い男のものだった。

「どうぞ」

おすみは店の中に黒い影を入れた。

すわっとばかりに、平七郎と鉄蔵は、店の軒下に走った。そして、戸の隙間から聞こえてくる二人の会話を耳で拾った。

店の土間から塊《かたまり》になった灯りが外まで流れ出て来た。

おすみが、店の行燈に火を入れた模様である。

平七郎と鉄蔵は、板戸の隙間から中を覗いた。

端整な顔立ちの男が上がり框に腰を据えたところだった。その男の前に、おすみが大福帳を三点置いた。

男は大福帳を手に取ったが、

「昔、村岡さまのお屋敷に奉公なさっていた、おすみさんでございますか」

押し殺した声で尋ねた。

「……………！」

おすみは驚きの顔で男の顔を見返した。おすみは、そうだと頷きもしなかったし、違うとかぶりを振ることもなかった。目を見開くようにして若い男の顔を見た。

「私は鹿之助といいます」

若い男は、小さいが、はっきりと分かる声で言った。

――やはり来たか。

平七郎は鉄蔵と顔を見合わせた。

町人の形《なり》をしているとはいえ、鹿之助にはどこかに大身旗本の血が流れている、そう思わせる風情があった。

長い間探しに探した鹿之助を目《ま》の当たりにして、平七郎の心は急かされたが、腰を浮かした鉄蔵を制して頷いた。

目の前にいる二人が本当に親子なら、少し猶予を与えてやりたい。

命を惜しまず母に会いにやってきた倅鹿之助の気持ちを思うと、平七郎はすぐに取り押さえて縄を掛ける気持ちにはなれなかった。

「しかのすけ……」

平七郎が見守る視線の先で、おすみは呟いて呆然とした顔で鹿之助の顔を見た。だがすぐに、突然顔を強張らせた。

その硬い表情に、

「母さまですね……おふくろさん……」

急き立つ心を押し殺して鹿之助は呼びかけた。

「いいえ、人違いでございます」

おすみは、はっきりと言った。

「人違い……」

鹿之助は啞然《あぜん》とした。思い詰めていたものが崩れていくのが分かった。声も出せずにいる鹿之助に、おすみは言った。

「私は所帯を持ったことがございません。ですから子を産んだこともないのです」

「しかし、村岡さまのお屋敷に……」

「確かに御奉公は致しましたが、宿下がりをしてからずっとここで一人で暮らしてきています。どこでどう勘違いをなさってここにお見えになったのか存じませんが、まったくの人違いです」

「子を産んだ覚えがないと……」

「はい」

二人はしばらく見つめ合った。

やがて鹿之助は、おすみの視線から目を逸らせた。

「そうでしたか、人違いでしたか」

「…………」

「こんな夜分に押しかけて申し訳ございませんでした」

「いいえ、誰にも勘違いはあるものですもの」

「勘違いついでに聞いていただけませんか、私がなぜここにやってきたのかを……」

「…………」

「私は赤子の時に、佐原の長、三郷家に養子にやられました。といっても、養子だったと知ったのは物心ついてからの事ですが、その時から、ずっと私を産んでくれた母はどのような人か知りたいと思っていました……」

鹿之助は、語るともなしに語っていく。

「自分が本当はどんな両親から生まれて来たのか、それが分からないということは、何か一つ、体の中を支えてくれている骨がないような心もとないものなんです……」

しかし、鹿之助には肉親の父以上の養父がいた。

実の両親のことを頭の片隅にでも浮かべることは、育ててくれている養父に申し訳ない。

　鹿之助はそう考えていた。

　だが、自身の不始末で江戸に出てくることになり、しかもにっちもさっちもいかなくなった時、心の拠《よ》り所だった養父が亡くなった。

　鹿之助は三郷家の母から絶縁状をつきつけられた。三郷家の母に金の援助を申し出たことが原因だが、鹿之助はけんもほろろに拒絶された。切羽詰まった鹿之助は、金を得るために犯罪に手を染めたのだ。

「そして、遠島になりました」

「遠島……」

　おすみが驚く。

「はい、誰を恨むよりも自分が悪いのです。そのこと、ようやく分かったような気がします」

「………」

　鹿之助は、遠島になり、流人船に乗せられたが、船が難破して助かり、こうして役人の目を逃れているのだと告白し、

「命が助かった時に思ったんです。せめて、せめて自分を産んでくれた母がまだ元気

でいるのなら会いたい、会ってから死にたいと……」

「………」

おすみの動揺は一様ではない。まともに鹿之助を見ることも出来ず顔をそむけているが、心の中は大きく波打っていた。

「そういうことだったんです。どうかお許しを……」

鹿之助はそういうと、吹っ切るようにおすみに背を向けた。

「……！」

外に出ようとした鹿之助は、ぬっと入って来た平七郎と鉄蔵を見て立ちすくんだ。

「鹿之助だな、一緒に来てもらおうか」

平七郎が言った。

鹿之助は、観念した表情で両手を平七郎の方に差し出した。

「鹿之助、逃げなさい！」

おすみが裸足で土間に下りて来たと思ったら、鹿之助を庇《かば》って立った。

「この子を、どうかお見逃しくださいませ。行方知れずになったことにしてください。この店の、全てを差し上げます。何も私はいりません。ええ、それでも駄目だというのなら、どうぞ、この私を連れて行きなさい。私が流人を逃がしたと……私がこの子のかわりに島に行きます！　私の命をさし上げます！」

おすみは必死に訴えた。

「母さま……」

鹿之助は膝を折ってそこに座った。その鹿之助に、

「何をしているんです、早く、早く逃げて！」

おすみの鋭く叫ぶ声は、店の中に虚《むな》しく響いた。

平七郎は見上げた鹿之助に、いたわりの眼差しを向けて頷いた。


鹿之助の身柄を確保した平七郎が榊原に一報し、新堀川沿いにある月心寺に鹿之助を連れていったのは、その夜のことだった。

時は四ツを過ぎていた。

離れの茶室に通されると、待ちかねていたように榊原奉行が姿を見せた。

「浦賀より逃亡した流人鹿之助でございます」

平七郎が報告した。

敷居際に畏って手をついている鹿之助の右手首には、幼い頃の火傷の痕が見える。

「うむ……」

榊原奉行は鹿之助の姿に目を注いだまま、しばらく言葉もなかった。

だがやがて、

「鹿之助、そなたの父村岡彦四郎の友榊原主計頭じゃ、顔をあげよ」

静かに鹿之助に声を掛けた。

鹿之助は、ゆっくりと顔を上げた。島に送られることは腹をくっている。その覚悟が鹿之助の顔には見えた。

「ふむ、良く似ておるな。その眉の凜々《りり》しさ、目じりのきりりとしたところなど、親父殿にそっくりだ」

「………」

鹿之助は無言で榊原奉行を見上げた。

「恨んでいるだろうの。お前を佐原にやったのは、このわしだ。だが、それはお前の幸せを願ってのことだったのだ。お前の父の村岡とて同じ思いで送り出したのだ。そのことをお前に伝えたくての……」

「厄介払いなどではなかったとおっしゃるのでございますか」

鹿之助の言葉には怨みがましさが見えた。

「これ、そういうことならば、お前にこうしてお奉行がお会いになる筈がなかろう」

平七郎が諌めたが、鹿之助はつづけた。

「私は産みの母にも拒絶されました。お前は倅ではないと……」

「そこにいる立花から聞いたが、お前の母は、そういうしかなかったのだ。お前の母は、どこにお前を養子にやるのかまったく知らなかったのだ。いや、むしろ、今後詮索するなと釘《くぎ》を刺されていたからな」

「それが子のためだと……」

「そうだ、これははっきり申しておくが、お前の両親は、お前を捨てたのではない。何度も申すが、お前の幸せを願ったからだ。だからこそこのわしも腐心して、佐原の長者にやると決めたのだ」

榊原奉行は、得心しがたい目で見つめる鹿之助に、静かに語りはじめた。

村岡の家には当時既に二人の男児が生まれていた。奥方は歴とした家柄の姫だ。そんなところに鹿之助が生まれても、鹿之助の苦労は目に見えていた。

悩んだ村岡は、おすみに暇を出し、そして村岡の家とは無縁のところで出産させた。

名を鹿之助と名付けたのも、せめてもの父親から子への愛情だった。

「鹿之助、お前の父はな、死ぬ間際までお前のことを案じておったのじゃ、わしにもそれはよく分かっていた……」

「…………」

鹿之助は、榊原奉行から視線を外して俯いた。

母にまで拒絶された、と先ほど鹿之助は言ったが、あれが拒絶などではないことぐらい鹿之助には分かっていた。

「この子のかわりに島送りになります！　私の命をさし上げます！」と叫んだ母の言葉は、鹿之助の胸に焼きついている。

鹿之助はただ、母にまでそんな言葉を吐かせた自分の運命そのものに憤りを覚えていたのだ。

だが今鹿之助は、それにもかかわらず、自分に愛情を示してくれた人々の姿を、はっきりと感じとることができた。実の父、実の母、養父、おちさに佐太郎、そして目の前にいる榊原という父の友人、それに平七郎たち……。

鹿之助の胸に、何か今までには得られなかった安堵が広がっていた。

「鹿之助、わしはな、まさかと思ったのだが、お前が遠島になったと知って驚いた。わしは北町の奉行だ。だが、だからと言ってお前の罪を軽くしてやることは出来ぬ。せめて、お前の心に安らぎを与えることができたらと思ってな、立花に頼んでお前を探していたのだ」

鹿之助は、黙って頭を下げた。

榊原奉行が言う通り、これで心置きなく島に行ける、そう思った。

「よいか、けっして投げやりにならずに過ごせ、そして御赦免《ごしゃめん》を待つのだ。晴れて再びこの江戸の土を踏んだその時には、わしも、そなたの母も、喜んで出迎えよう。お前の父に代わってな……」

榊原奉行の言葉は、実父のように慈愛にあふれていた。


「おやまあ、もう店を畳むんですか」

お花婆さんは、すっかり空き家風情となった店の中を見渡して言った。

「ここは駄目だと思ったんだ、こういう商売はもっと賑やかなところでないとな」

辰吉は相槌を打った。

鉄蔵も片づけを手伝っている。

一昨日鹿之助の身柄を押さえたことで、山谷のこの店は今日でお終いとなったのだ。

店の片づけが終われば、辰吉は一文字屋に帰るし、鉄蔵は髪結いの女房の所に帰る。

「ほかの人はどうしたのさ」

お花婆さんは家の中を覗いて言った。

「みんな引き払うんだ」

「あらそう……」

お花婆さんは、格別不審に思っているようではない。

平七郎と秀太は、朝から源治の船に乗って北町奉行所に出かけて行ったのだ。

鹿之助は北町奉行所で、一色の調べを受けているところである。

その一色から急遽《きゆうきよ》呼ばれて、二人は出かけて行ったのだった。

「残念だね、でもあたしも今月で終わり、板橋にいる娘の所に引っ越しますよ」

お花婆さんは、残念そうに言った。

「そうか、旦那がぽっくりいったんじゃ、おちささんもこの山谷から引き払うのだな」

「やっぱり歳を考えないとね、励みすぎたんだね……」

お花婆さんは笑って、

「で、おちささんもね、責任感じちゃってさ、お寺に入って尼さんになるんだって」

「へえ、尼さんにねえ」
「詳しいことは知らないけど、昔の話だけどね、亭主が死んだのも私のせいだってい
う訳よ、私にかかわった男は次々と不幸になるって、それで尼さんになろうと思った
らしいのね」
「ずいぶん思い切ったことをするものだな」
「ええ、そういう事だから、あたしも引っ越すの、じゃあね」
引き上げて行ったところに、平七郎と秀太と源治が帰って来た。
「皆に話がある。二階に集まってくれ」
神妙な顔で平七郎が言った。
それから一刻、平七郎の説明は長い時間を要した。
長い張り込みの末の決着、そこに至るすべてを平七郎は皆に話した。むろん他言は
しないという約束のもとで、手伝ってくれた人たちに、これまでの事情は説明しても
良いという許可は榊原から貰っている。
榊原奉行がそこまで言うのは、平七郎と平七郎を手助けする皆を信じているからこ
そのことだった。
一同は感極まったような表情で聞き終わった。

「そこで、鹿之助だが……」

平七郎は皆を見廻した。

「まさか、死罪なんてことになったんじゃあないでしょうね」

辰吉が訊いた。

「一色さまのご裁断は、むろんこれは最終的には御重職方に伺ってからのことだが、鹿之助は罪一等を減じられて永の処払い」

「まことですか……浦賀から逃げたことはお咎めなしだったんですね」

辰吉が、ほっとした顔で言った。

「金が出て来たのだ。鹿之助が調べの中で告白したらしい。一色さまはそのことを、鹿之助が金の在り処を確かめて持ち主に返すつもりだった、つまりそのための逃亡だったと裁断したのだ」

「まったく、今度ばかりは、あの一色さまがと、私も耳を疑ったよ」

秀太が笑った。

金の一部はおちさの手に渡っていたわけだが、ところがその金も、おちさがそっくりそのまま町奉行所に持参して、鹿之助の減罪を願い出ていたというのだから、

「鹿之助はそれもあって助かったのだ」

秀太は、辰吉と鉄蔵に頷いてみせた。

静かな歓声が二階の小さな座敷に上がった。

「まずは一色さまの裁断の行方を見守ることにするが、まず間違いはあるまい」

平七郎がそう言うと、

「皆様、おふくさんが御馳走を作って待っています。今夜は是非にと……」

辰吉の言葉に今度はくったくのない歓声が上がった。

「そういうことなら、私も入れてもらってもいいんじゃないですか」

なんと、ひょっこり顔を出したのは、仙太郎だった。

「私だってお役に立ったはずですよ。そうそう、おこうさんもお忘れになく……」

秀太と辰吉は、顔を見合わせて苦笑した。


その日から、三日三晩、野分が吹き荒れた。

平七郎のもとに密かに鹿之助追放の報《しらせ》が入って来たのは、非番が終わり橋廻りを始めて三日後のことであった。

千住《せんじゅ》で解き放つというので、平七郎は秀太と二人で千住大橋に向かった。

まもなく、鹿之助はまだ朝霧のかかっている千住に役人に付き添われて、手を後ろに縛られてやって来た。

小さな風呂敷を渡されて、鹿之助はここで追放となる。

役人に深く頭を下げた鹿之助は、平七郎と秀太にも改めて頭を下げた。

「体に気をつけてな」

平七郎は、榊原奉行から預かってきた路銀五両を鹿之助に渡した。

鹿之助はそれをぎゅっと握りしめると、南の方角に向いて深く頭を下げた。

榊原奉行に会ってから、鹿之助の表情はがらりと変わっている。険しかったものがとれて落ち着きをみせていた。

その時だった。

「母さま……」

鹿之助が呟いた。

鹿之助の視線の先に、あのおすみの姿が見えた。

おすみは、ゆっくりと歩み寄って来た。

「いつかこの江戸に戻ってくるのを待っていますよ」

おすみは言った。

鹿之助は大きく頷くと、

「お元気でいてください……」

涙でうるんだ目で言った。

「これを……」

おすみは懐から懐紙に包んだ物を出して、鹿之助の手に握らせた。五両か十両か、路銀だと平七郎と秀太は思った。

それからもうひとつ、腰に付けて来た握り飯の包をおすみは渡した。

「梅干しのおにぎりですよ。梅干しも母がつけました」

「母……さま」

鹿之助はおすみから手渡されたものをおし頂くと、まっすぐ母の顔を見た。

「鹿之助！」

二人は手を取り合った。やがて二人の頬に涙が落ちてきた。

平七郎と秀太は、胸を熱くして見守った。

「すみません、手間をとらせました」

まもなく、鹿之助はそう言って平七郎と秀太に頭を下げると、千住の橋を渡って北に向かって歩き始めた。

もう後ろは振り向かなかった。

風が一陣、鹿之助を見送って吹く。

平七郎は、鹿之助の行く前方に、風草の道を見た。

荒々しい野分のあとの優しい風、風は白い穂を出したすすきを分けてまっすぐで新しい道をつくっている。

その道を、鹿之助が歩いて行くように見えたのだ。

その道の先には、鹿之助の新しい幸せな人生が待ち受けているのは間違いない。

——また戻ってこい、鹿之助。

平七郎は、鹿之助の背に呼びかけていた。

藤原緋沙子　著作リスト

1	雁の宿	隅田川御用帳	平成十四年十一月	廣済堂文庫
2	花の闇	隅田川御用帳	平成十五年二月	廣済堂文庫
3	螢籠	隅田川御用帳	同年四月	廣済堂文庫
4	宵しぐれ	隅田川御用帳	同年六月	廣済堂文庫
5	おぼろ舟	隅田川御用帳	同年八月	廣済堂文庫
6	冬桜	隅田川御用帳	同年十一月	廣済堂文庫
7	春雷	隅田川御用帳	平成十六年一月	廣済堂文庫
8	花鳥		同年四月	廣済堂出版（単行本）
9	恋椿	橋廻り同心・平七郎控	同年六月	祥伝社文庫
10	夏の霧	隅田川御用帳	同年七月	廣済堂文庫
11	火の華	橋廻り同心・平七郎控	同年十月	祥伝社文庫
12	紅椿	隅田川御用帳	同年十二月	廣済堂文庫
13	雪舞い	橋廻り同心・平七郎控	同年十二月	祥伝社文庫
14	風光る	藍染袴お匙帖	平成十七年二月	双葉文庫
15	夕立《ゆだ》ち	橋廻り同心・平七郎控	同年四月	祥伝社文庫

16	風蘭	隅田川御用帳	平成十七年六月	廣済堂文庫
17	遠花火	見届け人秋月伊織事件帖	同年七月	講談社文庫
18	雁渡し	藍染袴お匙帖	同年八月	双葉文庫
19	花鳥	※8の文庫化	同年九月	学研M文庫
20	照り柿	浄瑠璃長屋春秋記	同年十月	徳間文庫
21	冬萌え	橋廻り同心・平七郎控	同年十月	祥伝社文庫
22	雪見船	隅田川御用帳	同年十二月	廣済堂文庫
23	春疾風《はるはやて》	見届け人秋月伊織事件帖	平成十八年三月	講談社文庫
24	父子雲	藍染袴お匙帖	同年四月	双葉文庫
25	夢の浮き橋	橋廻り同心・平七郎控	同年四月	祥伝社文庫
26	潮騒	浄瑠璃屋春秋記	同年七月	徳間文庫
27	白い霧	渡り用人片桐弦一郎控	同年八月	光文社文庫
28	鹿鳴《はぎ》の声	隅田川御用帖	同年九月	廣済堂文庫
29	紅い雪	藍染袴お匙帖	同年十一月	双葉文庫
30	暖鳥《ぬくめどり》	見届け人秋月伊織事件帖	同年十二月	講談社文庫
31	桜雨	渡り用人片桐弦一郎控	平成十九年二月	光文社文庫
32	蚊遣り火	橋廻り同心・平七郎控	同年九月	祥伝社文庫

33	さくら道	隅田川御用帖	平成二十年三月	廣済堂文庫
34	紅梅	浄瑠璃屋春秋記	同年四月	徳間文庫
35	漁り火	藍染袴お匙帖	同年七月	双葉文庫
36	霧の路《みち》	見届け人秋月伊織事件帖	平成二十一年二月	講談社文庫
37	梅灯り	橋廻り同心・平七郎控	同年四月	祥伝社文庫
38	麦湯の女	橋廻り同心・平七郎控	同年七月	祥伝社文庫
39	日の名残り	隅田川御用帖	同年十二月	廣済堂文庫
40	密命	渡り用人片桐弦一郎控	平成二十二年一月	光文社文庫
41	恋指南	藍染袴お匙帖	同年六月	双葉文庫
42	桜紅葉	藍染袴お匙帖	同年八月	双葉文庫
43	雪燈	浄瑠璃屋春秋記	同年十一月	徳間文庫
44	坂ものがたり		同年十一月	新潮社（単行本）
45	月の雫	藍染袴お匙帖	同年十二月	双葉文庫
46	ふたり静	切り絵図屋清七	平成二十三年六月	文春文庫
47	鳴《なる》子《こ》守《もり》	見届け人秋月伊織事件帖	同年九月	講談社文庫
48	紅染の雨	切り絵図屋清七	同年十月	文春文庫
49	残り鷺《さぎ》	橋廻り同心・平七郎控	平成二十四年二月	祥伝社文庫

50　鳴き砂　隅田川御用帖　同年三月　廣済堂文庫
51　すみだ川　渡り用人片桐弦一郎控　同年六月　光文社文庫
52　貝紅　藍染袴お匙帖　同年九月　双葉文庫
53　月凍てる　人情江戸彩時記　※44の改題　同年九月　新潮文庫
54　飛び梅　切り絵図屋清七　平成二十五年二月　文春文庫
55　百年桜　同年三月　新潮社　（単行本）
56　夏ほたる　見届け人秋月伊織事件帖　同年七月　講談社文庫
57　風草《かぜくさ》の道　橋廻り同心・平七郎控　同年九月　祥伝社文庫　（本書）

一〇〇字書評

切・り・取・り・線

購買動機（新聞、雑誌名を記入するか、あるいは○をつけてください）

□（　　　　　　　　　　）の広告を見て
□（　　　　　　　　　　）の書評を見て
□ 知人のすすめで　　□ タイトルに惹かれて
□ カバーが良かったから　　□ 内容が面白そうだから
□ 好きな作家だから　　□ 好きな分野の本だから

・最近、最も感銘を受けた作品名をお書き下さい

・あなたのお好きな作家名をお書き下さい

・その他、ご要望がありましたらお書き下さい

住所	〒				
氏名		職業		年齢	
Eメール	※携帯には配信できません		新刊情報等のメール配信を 希望する・しない		

この本の感想を、編集部までお寄せいただけたらありがたく存じます。今後の企画の参考にさせていただきます。Eメールでも結構です。

いただいた「一〇〇字書評」は、新聞・雑誌等に紹介させていただくことがあります。その場合はお礼として特製図書カードを差し上げます。

前ページの原稿用紙に書評をお書きの上、切り取り、左記までお送り下さい。宛先の住所は不要です。

なお、ご記入いただいたお名前、ご住所等は、書評紹介の事前了解、謝礼のお届けのためだけに利用し、そのほかの目的のために利用することはありません。

〒一〇一－八七〇一
祥伝社文庫編集長　清水寿明
電話　〇三（三二六五）二〇八〇

祥伝社ホームページの「ブックレビュー」からも、書き込めます。
www.shodensha.co.jp/bookreview

祥伝社文庫

風草《かぜくさ》の道《みち》 橋廻《はしまわ》り同心《どうしん》・平七郎控《へいしちろうひかえ》

平成 25 年 9 月 5 日　初版第 1 刷発行
令和 5 年 3 月 15 日　　　第 3 刷発行

著　者　藤原緋沙子《ふじわらひさこ》

発行者　辻　浩明

発行所　祥伝社《しょうでんしゃ》
東京都千代田区神田神保町 3-3
〒 101-8701
電話　03（3265）2081（販売部）
電話　03（3265）2080（編集部）
電話　03（3265）3622（業務部）
www.shodensha.co.jp

印刷所　萩原印刷
製本所　ナショナル製本
カバーフォーマットデザイン　中原達治

 ISBN978-4-396-33878-7 C0193

祥伝社文庫の好評既刊

今井絵美子　**眠れる花**　便り屋お葉日月抄⑧

店衆の政女《まさじょ》を立ち直らせたい――情にあつい女主人の心意気に、美味しい料理が花を添える。感涙の時代小説。

今井絵美子　**忘憂草《わすれ》**　便り屋お葉日月抄⑨

「家を飛び出したきりの息子を捜して欲しい」――源吾《げんご》を励ますお葉。江戸に涙と粋の花を咲かす哀愁情話。

宇江佐真理　**十日えびす**　花嵐浮世困話《はなにあらしよのなかこんなもの》

夫が急逝し、家を追い出された後添《のちぞ》えの八重《やえ》。実の親子のように仲のいいおみちと日本橋に引っ越したが……。

宇江佐真理　**ほら吹き茂平《もへい》**　なくて七癖あって四十八癖

うそも方便、厄介ごとはほらで笑ってやりすごす。江戸の市井《しせい》を鮮やかに描く、極上の人情ばなし！

宇江佐真理　**高砂《たかさご》**　なくて七癖あって四十八癖

倖せの感じ方は十人十色。夫婦の有り様も様々。懸命に生きる男と女の縁《えにし》を描く、心に沁《し》み入る珠玉の人情時代。

中島　要　**江戸の茶碗**　まっくら長屋騒動記

貧乏長屋の兄妹が有り金はたいて買った〝井戸の茶碗〟は真っ赤な贋物！　そこに酒びたりの浪人が現われ……。